ÉCOLE DU GRAND CHÊNE
5080 PLACE SAVOIE
PIERREFONDS, QUÉBEC
H8Z 1C2

MAGIMOTS 3

FRANÇOISE LIGIER
GERMAINE POULIOT
RÉJEAN PROULX
SUZELLE ROBERGE

CENTRE ÉDUCATIF ET CULTUREL INC.

8101, boul. Métropolitain Est, Anjou (Québec), Canada   HIJ 1J9
Téléphone : (514) 351-6010   Télécopie : (514) 351-3534

LIVRE 2

DIRECTRICE DE L'ÉDITION
Diane De Santis

DIRECTRICE DE PRODUCTION
Lucie Plante-Audy

CHARGÉE DE PROJET
Isabel Rusin

RÉVISION LINGUISTIQUE
Suzanne Teasdale

GRAPHISME
CONCEPTION ET RÉALISATION
M Design — Marcelle Lemieux, Lyne Lafontaine, Jean-Luc Trudel

ILLUSTRATIONS

Patrick Bernatchez
Pages 16, 18, 23, 25, 54, 67, 152.

Catherine Fréchette
Pages 7, 30, 53, 73, 93, 115, 135.

Dominique Jolin
Pages 75, 76, 77, 90, 94, 105, 106, 107, 108, 110, 122, 123, 124, 143, 144, 145, 146, 147.

Lise Monette
Pages 14, 15, 16, 31, 36, 37, 38, 39, 40, 41, 42, 55, 56, 57, 58, 68, 77, 95, 96, 98, 111, 125, 126, 127, 128, 129, 137, 138, 139, 140, 142.

Joanne Ouellet
Page couverture, les pictogrammes des sections *Au travail!*, *Magilivres*, *Le tour est joué!* ainsi que les illustrations des magiciens sur les bandes de couleur.

Daniel Sylvestre
Pages 19, 20, 21, 22, 25, 43, 44, 45, 49, 50, 51, 63, 64, 65, 66, 68, 83, 84, 85, 86, 97, 99, 101, 102, 109, 112, 116, 120, 121, 130, 136, 148, 149, 150, 154.

François Thisdale
Pages 24, 46, 47, 49, 50, 51, 59, 60, 61, 62, 69, 78, 124, 131, 153, 154, 155.

Jean-Luc Trudel
Pages 26, 27, 33, 34, 40, 70, 71, 88, 130, 133, 140, 151, 153.

Anne Villeneuve
Pages 8, 9, 10, 11, 12, 13, 25, 74, 79, 80, 81, 89, 90, 100, 101, 102, 103, 104, 113, 117, 118, 119, 120, 132.

Dans cet ouvrage, la féminisation des titres de fonctions et des textes s'appuie sur des règles d'écriture proposées par l'Office de la langue française dans le guide *Au féminin*, Les Publications du Québec, 1991.

©1995 Centre Éducatif et Culturel inc.
8101, boul. Métropolitain Est
Anjou (Québec) H1J 1J9

Dépôt légal: 2ᵉ trimestre 1995
Bibliothèque nationale du Québec
Bibliothèque nationale du Canada

ISBN 2-7617-1148-3

Imprimé au Canada
1 2 3 4 5 99 98 97 96 95

Table des matières

Nous te souhaitons
la bienvenue dans
le monde de Magimots.

Suis-nous sur le chemin
des étoiles et
tu découvriras l'univers
magique de la lecture, de
l'écriture et de la parole.

LES SYMBOLES

Cette activité te permettra d'explorer :

 l'univers de la lecture

l'univers de l'écriture

l'univers de la communication orale

Pour réaliser cette activité, tu dois utiliser :

 ton transparent

 une feuille lignée

 la feuille que ton enseignante ou ton enseignant te remettra

Pour te guider dans ta démarche, suis l'ordre des étoiles :

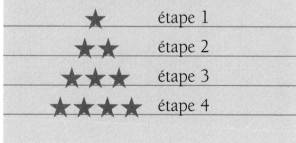

★	étape 1
★★	étape 2
★★★	étape 3
★★★★	étape 4

Des sports en couleurs

thème **6**

Des sports en couleurs

PRÉSENTATION DU THÈME

L'hiver t'oblige à modifier certaines de tes habitudes
et à les adapter aux changements de température.

Quand il fait froid, quand il neige, tu dois t'habiller
chaudement avant de sortir. Tu ne peux plus te promener
à bicyclette ni sur ta planche à roulettes.

Avec l'hiver qui frappe à ta porte, tu prends goût
à de nouvelles activités.

L'hiver est enfin là... À quoi t'intéresses-tu?

Du ski pour Tibili

La planète Terre est immense. Il est évident que toutes les personnes qui habitent notre planète ne peuvent pas partager le même pays ou la même région. Tout le monde n'a pas la chance d'habiter dans une zone climatique tempérée. Tout le monde n'a pas non plus la joie de vivre des aventures exclusives à l'hiver. Mais pour Tibili, c'est différent...

Lis d'abord le titre du texte qui suit.

1. Simplement en t'aidant du titre, essaie d'imaginer ce qui est différent pour Tibili.

2. Formule deux ou trois hypothèses et écris-les.

3. Lis ensuite le texte en entier pour vérifier tes hypothèses.

Du ski pour Tibili

Tibili va participer à un concours organisé par une maison d'articles de sport pour les écoliers africains de langue française.
Le premier prix est un séjour à la montagne.
Les épreuves sont très difficiles.
Il faut connaître la géographie du pays d'accueil et les différents sports d'hiver.
Un lundi matin, à huit heures, Tibili se rend à l'école de son village pour le concours.
Il entre dans la classe, s'installe comme ses copains devant un questionnaire.
Un instituteur dicte les questions aux élèves.

1. Cite cinq sports de neige.*
2. Donne le nom du plus haut sommet des Alpes.
3. Pourquoi serais-tu content de gagner ce beau voyage?

Tibili, sérieux et appliqué, répond sans hésitation
aux deux premières questions, les plus faciles.

1. *Je cite cinq sports de neige :*
    Le ski alpin
    Le ski de fond
    Le patinage
    Le «bob»**
    Le saut du tremplin

2. *Le plus haut sommet des Alpes est le massif du Mont-Blanc (4807 m).*

Enfin, la dernière question est la plus difficile. Quand on est content,
on est content. Impressionner un jury en disant pourquoi, c'est
une autre affaire! À quoi bon dire pourquoi, puisque ça se voit bien,
qu'on est content!

Résigné, Tibili écrit : *Parce que je prendrai l'avion pour la première
fois. Parce que je verrai des montagnes avec beaucoup de neige. Parce
que j'apprendrai à skier, à patiner, à faire de la luge. Parce que je verrai
en chair et en os de très grands champions. Parce que je me ferai
des copains français avec qui je jouerai dans la neige.
Parce que je mangerai de la raclette.*

Le lendemain, les résultats sont affichés à la porte de l'école. Cinq
noms sont marqués sur la liste des gagnants. Il y a un nom par classe.
Tibili se précipite sur la porte en bousculant ses petits camarades.
Il n'en croit pas ses yeux; son nom est inscrit : TIBILI! Pour s'en
persuader, il le touche du doigt. Il se met à scander :
— J'ai-ga-gné, j'ai-ga-gné...
Fou de joie, il improvise une danse très réussie.

* * * * * * * *

Il se réveille en France, dans un aéroport baigné de lumière. Coup
de fouet en plein dans les yeux : la neige. Tibili la touche, intrigué.
Il en prend dans le creux de sa main. La neige fond et ses doigts
sont glacés. Tibili la goûte, ce n'est ni sucré, ni salé. Tout ce blanc
sur des kilomètres et des kilomètres; et là-haut, ce ciel d'un bleu
éclatant.
Un jeune garçon s'avance vers lui.

— Tibili?

Il a la peau blanche, les yeux clairs,
il parle sa langue.

— Bonjour, Tibili. Je m'appelle
François. As-tu fait un bon voyage?

— Oui, j'ai fait un bon voyage, répond
Tibili tout intimidé.

François lui prend sa valise et l'invite
à venir dans son chalet pour déjeuner.

— J'ai très faim, dit Tibili, est-ce que
je vais manger de la raclette?

François éclate de rire et répond :

— Pas au déjeuner, mais demain sûrement.

Puis ils font la course jusqu'à la voiture où les parents de François
les accueillent avec un grand sourire. Ils arrivent devant la maison
et vont poser la valise dans la chambre de François. Il y a deux lits
jumeaux.

— Le soir, on pourra se raconter beaucoup d'histoires.

Le lendemain matin, François et Tibili chaussent leurs skis.
Et les voilà partis. Au début, Tibili est très maladroit. Il tombe tout
le temps. À la fin de la matinée, il tient debout. Au bout de trois
jours, il arrive même à descendre convenablement.

Cet après-midi, les deux copains assistent à des compétitions avec
enthousiasme. Puis ils admirent le style des skieurs de fond.

Le lendemain, on va à la patinoire. Les patineurs exécutent des figures
époustouflantes. On dirait qu'ils dansent. Le jour suivant, ils découvrent
comment on pratique
le «bob». Ils se rendent
au tremplin pour admirer
les sauts des skieurs
qui s'élancent comme
de grands oiseaux.
Hélas! tout a une fin.
Il faut retourner en
Afrique. Il faut refaire
la valise. Tibili a eu
une semaine bien remplie.

Marie Léonard. *Du ski pour Tibili*, Éditions Mango, coll. «Mango poche», 1992.

* Les sports de neige sont aussi appelés sports d'hiver. ** Le «bob» est l'abréviation de bobsleigh

Lis les phrases suivantes.

a) Tibili se rend à l'école de **son** village pour le concours.
b) Il n'en croit pas **ses** yeux.
c) François et Tibili chaussent **leurs** skis.
d) Sois le bienvenu dans **notre** maison, Tibili!

Observe les déterminants en caractères gras.
Quelle est l'idée suggérée par chaque déterminant?
Peux-tu dire de quelle sorte de déterminant il s'agit?

e dois savoir que...

- Les déterminants adjectifs possessifs suggèrent une idée de possession, c'est-à-dire qu'ils précisent à qui appartient ce dont on parle. En plus, ils indiquent le genre (lorsqu'ils sont au singulier) et le nombre.

  Exemples : **mon** chien, **ma** chatte, **mes** bottes.

Lis maintenant les phrases qui suivent.

a) Pourquoi serais-tu content de gagner **ce** beau voyage?
b) Toute **cette** neige sur des kilomètres et des kilomètres.
c) **Cet** après-midi, les deux copains assistent à des compétitions.

Observe les déterminants en caractères gras.
À quoi sert chaque déterminant?
Peux-tu dire de quelle sorte de déterminant il s'agit?

e dois savoir que...

- Les déterminants adjectifs démonstratifs servent à montrer ce dont on parle. En plus, ils indiquent le genre (lorsqu'ils sont au singulier) et le nombre.

  Exemples : **ce** beau chandail, **cette** femme, **ces** jouets.

★★ ─────────────────────────────

1. Encercle trois déterminants possessifs dans le texte
Du ski pour Tibili.

2. Encadre trois déterminants démonstratifs.

3. Repère le paragraphe qui présente Tibili, le personnage principal.
Écris le chiffre 1 devant ce paragraphe.

4. Repère le passage qui présente le personnage secondaire.
Écris le chiffre 2 devant ce paragraphe.

5. Mets entre parenthèses les parties de phrases qui permettent
de savoir à quel moment les activités de Tibili se passent.

6. Souligne les phrases qui racontent comment l'aventure de Tibili
s'est terminée.

Relis maintenant le texte, puis fais les activités suivantes.

★★★ ─────────────────────────────

1. Avec quels mots dit-on que Tibili a répondu
avec attention aux deux premières
questions du concours?
Encercle-les.

2. Souligne ce que Tibili fait lorsqu'il
s'aperçoit que son nom est inscrit
dans la liste des gagnants.

3. Qu'est-ce qui frappe Tibili à son
arrivée en France?
Encercle le passage qui te le dit.

4. Quelles phrases révèlent qui
s'occupe de Tibili lorsqu'il arrive
à l'aéroport? Souligne ces phrases.

★★★★ ─────────────────────────────

As-tu déjà pris l'avion?

1. Si oui, as-tu aimé ton expérience? Où allais-tu?
Partage tes réponses avec les membres de ton équipe.

2. Sinon, aimerais-tu le faire? As-tu peur de prendre l'avion?
Partage tes réponses avec les membres de ton équipe.

Des sports pour tout le monde

Tout au long de l'année, tu peux entendre à la télévision les résultats des parties de baseball, de football, de soccer, etc. Tu peux même regarder les parties elles-mêmes.

Durant l'hiver, la plupart des chaînes de télévision transmettent, pendant une dizaine de jours, les compétitions des Jeux d'hiver. Pendant ces jours-là, tu peux te rendre compte que des sports d'hiver, il y en a pour tous les goûts!

Commence par lire le titre du texte.

1. En lisant le titre, à quels genres de sports penses-tu?
2. Écris au tableau trois mots que le titre te suggère.
3. Observe les mots que les autres élèves ont écrits.
   - Ce que les autres ont écrit te surprend-il? Pourquoi?
   - Discutes-en avec tes camarades.

Lis maintenant le texte *Des sports pour tout le monde* et vérifie tes impressions. Les trois mots que tu avais choisis résument-ils bien le texte?

Des sports pour tout le monde

Au téléphone

Dring! Dring!
— Allô! Grand-maman?
— Bonjour, ma grande. Ça va bien?
— Oui, oui. Je suis contente. Je viens de m'inscrire dans une équipe de ringuette. Tu dois connaître ça? Tu sais le jeu qui ressemble au hockey?

On joue avec un bâton et un anneau à la place d'une rondelle.

— Bien sûr! Je me rappelle bien quand ta mère a formé une équipe à son collège. À l'époque, il n'était pas question de jouer au hockey avec les garçons. C'était le temps des collèges unisexes, tu comprends. Les collégiennes avaient entendu parler de ce jeu juste pour les filles, qui avait été inventé pour leur donner quelque chose de semblable au hockey.

— Aujourd'hui, à notre école, c'est pas défendu, mais les garçons n'aiment pas beaucoup nous avoir dans leur équipe. Alors on a décidé de former une équipe de ringuette. À la fin de l'hiver, on va jouer contre leur équipe de hockey. J'ai hâte de voir qui va gagner! Salut, grand-maman, je vais rencontrer mon équipe. À bientôt!

— Je te souhaite bonne chance, ma grande. Amuse-toi bien. À bientôt!

Dans la cour d'une école

Pierre et Émilie discutent dans la cour de l'école.

— Est-ce que je pourrais me joindre à ta classe de patinage artistique, Émilie? Depuis le coup de bâton de Guy à la dernière joute de hockey, mes parents ne veulent plus que je joue. Ils disent que c'est devenu trop violent. Ce n'est pas normal qu'un jeu soit si dangereux. Mais, moi j'aime patiner. Alors j'ai pensé...

— Bien sûr, tu peux. Il faut en parler à la monitrice. Elle sera contente, car il n'y a pas beaucoup de garçons.

— Je sais. Il me semble que j'aimerais ça patiner avec vous. Je suis sûr que les figures demandent autant d'endurance que le hockey et autant de discipline. J'aimerais aussi patiner sans être obligé de me battre.

— C'est d'accord. Je t'attendrai au prochain cours. On ira ensemble.

Texte inédit de Jeanne Maranda.

★★ ─────────────────────────────

1. Dans le texte *Des sports pour tout le monde*, encercle les intertitres.
   - Combien y en a-t-il?
   - Qu'est-ce que les intertitres permettent de comprendre?

2. Souligne le nom des personnages. Compte le nombre de fois que chaque personnage intervient au long du texte.

3. Encadre les mots qui te semblent importants dans les conversations.

4. Trouve trois groupes du verbe et mets-les entre parenthèses.

En équipe de deux, relisez le texte ensemble pour vous aider à réaliser l'activité suivante.

★★★ ─────────────────────────────

Pour la première partie du texte:

1. Répartissez-vous les personnages.

2. Lisez le texte en imitant une conversation téléphonique.

3. N'oubliez pas de mettre de l'expression dans votre voix.

Pour la deuxième partie du texte:

4. Répartissez-vous les personnages.

5. Lisez le texte en imitant un entretien face à face.

6. Rendez vos personnages plus réels par les gestes et les expressions appropriés.

Il y a beaucoup de sports d'hiver.
Il y a sûrement un sport que tu préfères.
Présente ce sport à tes camarades dans un texte de 10 lignes.
Pense d'abord à ce sport et planifie ton texte.

16

1. Dis quel sport tu préfères.

2. Précise l'endroit où l'on pratique ce sport.

3. Décris l'équipement dont tu as besoin pour le pratiquer.

4. Explique pourquoi tu préfères ce sport en particulier.

Rédige ton brouillon.

★ ★

1. Écris ton brouillon.

2. Lis ton brouillon à quelqu'un pour vérifier si tu as bien décrit l'équipement dont tu as besoin.

3. Est-ce que ta camarade ou ton camarade peut dire pourquoi tu préfères ce sport en particulier?

Pour m'aider, je pense à...

- Lorsque je veux corriger ou améliorer mes phrases, je me rappelle ce que j'ai déjà appris : que je peux ajouter ou enlever des mots.

- Je peux également effectuer les opérations suivantes :

  - Je peux remplacer les mots qui se répètent par d'autres mots.

    Exemple : Laurence a fait réparer ses patins, car Laurence avait brisé ses patins.

    Laurence a fait réparer *ses patins qu'elle avait brisés.*

  - Je peux déplacer une partie de la phrase pour la rendre plus jolie.

    Exemple : Laurence a fait réparer ses patins à la cordonnerie avant le début de la saison.

    Avant le début de la saison, Laurence a fait réparer ses patins à la cordonnerie.

  - Je peux faire deux phrases avec une phrase trop longue.

    Exemple : Laurence a fait réparer ses patins à la cordonnerie, car Laurence a besoin de ses patins pour la compétition qui aura lieu samedi.

    Laurence a fait réparer ses patins à la cordonnerie.

    Elle en a besoin pour la compétition qui aura lieu samedi.

Révise ensuite ton texte.

★ ★ ★ ───────────────────────────────

1. Pour t'aider à réviser ton texte, consulte l'encadré ci-dessous.
2. Écris ton texte au propre et relis-le attentivement.
Fais attention aux fautes.

Pour m'aider, je pense à...

- Pour m'aider à réviser mon texte, je peux vérifier
les points suivants :
  - Est-ce que j'ai mis une lettre majuscule au début
    de chaque phrase?
  - Est-ce que j'ai mis le point qui convient à la fin
    de chaque phrase?
  - Est-ce que j'ai oublié des mots?
  - Est-ce que j'ai remplacé certains noms par un pronom
    lorsque c'était nécessaire?
  - Est-ce que j'ai fait accorder le verbe avec son sujet?
  - Mes lettres sont-elles bien formées et de la bonne grosseur?
  - Y a-t-il suffisamment d'espace entre les mots?
  - Est-ce que chacun des mots de mon texte est écrit
    correctement?

Faites un recueil de vos textes.

★ ★ ★ ★ ───────────────────────────────

1. Assemblez vos textes
pour en faire un recueil.
2. Affichez votre recueil
dans le coin lecture.

Gardien de but

Connais-tu la coupe Stanley? Depuis le début du 20e siècle, un sport d'hiver typiquement canadien est devenu extrêmement populaire. Devines-tu lequel? Le hockey, bien sûr! Depuis 1917, les équipes gagnantes de la Ligue nationale de hockey sont récompensées par la coupe Stanley. Cette coupe porte le nom d'un gouverneur général du Canada, le baron Frederick Arthur Stanley.

Tu assistes peut-être souvent à des joutes de hockey. Et tu as sans doute déjà regardé plusieurs parties de hockey à la télévision. Crois-tu que c'est facile de jouer au hockey? Crois-tu que c'est facile de garder le but?

Dans le texte *Gardien de but*, un jeune garçon de ton âge raconte son expérience de gardien de but.
Regarde d'abord les illustrations.

1. À partir des illustrations, formule quatre hypothèses qui expliquent ce que peut vivre un gardien ou une gardienne de but.
2. Écris tes hypothèses sur une feuille.

Lis maintenant le texte pour vérifier tes impressions.

Gardien de but

Ce n'est pas facile d'être gardien de but. Seulement pour m'habiller, ça me prend une demi-heure. Je mets d'abord ma combinaison, puis mes bas, mon protecteur d'épaules, mon plastron, mon protège-cou, ma culotte.

Ensuite il faut que j'attende que mon père ait fini de parler avec l'entraîneur parce que c'est lui qui lace mes patins. Il faut qu'ils soient bien serrés. Quand il a fini, je me couche sur le ventre pour qu'il attache mes

jambières. C'est tellement pesant que j'ai du mal à me relever. Et ce n'est pas tout : il faut encore enfiler le chandail, le casque et les gants. La partie n'est pas encore commencée et j'ai déjà chaud.

Quand j'en ai fini avec mon équipement, mon père me fait toujours ses recommandations : avance vers le joueur pour couper les angles, n'aie pas peur de te jeter sur la glace, et méfie-toi du numéro neuf, c'est le plus dangereux. Quand mon père s'en va, c'est l'instructeur qui vient s'asseoir à côté de moi. Il me dit de ne pas m'avancer trop loin, de rester debout le plus longtemps possible et de me méfier du numéro douze. Je fais semblant d'être d'accord, mais j'essaie d'oublier leurs conseils. Quand je les écoute trop, je suis tout mélangé.

Dès qu'on entend la sirène, on s'en va sur la patinoire et là, ça commence vraiment. Au début, mon cœur bat très vite, mais, aussitôt que l'arbitre a fait la mise au jeu, je ne pense à rien d'autre qu'à la rondelle. Un joueur s'échappe. Il s'en vient vers moi à toute vitesse. Je me prépare. Qu'est-ce qu'il va faire? Est-ce que c'est le numéro neuf ou le numéro douze? Est-ce qu'il faut que je m'avance vers lui pour couper les angles ou bien que je reste dans mon but? Je n'ai pas le temps d'y penser, il lance.

Boum, sur la jambière. La rondelle tombe devant moi. Il ne faut pas qu'il s'empare du retour. Je donne un coup avec mon bâton, la rondelle s'en va dans le coin. Un joueur de mon équipe essaie de dégager le territoire, mais il ne réussit pas. La rondelle est encore dans notre zone, c'est dangereux. Dans les gradins, les parents crient. Il y a plein de joueurs devant moi. Je me penche pour voir la rondelle, entre les jambes et les bâtons. Tout à coup, je l'aperçois, tout près de moi. Je me couche sur la glace, j'étends le bras, je pose la main sur la rondelle, l'arbitre siffle. Ouf! Le capitaine de mon équipe vient me féliciter en donnant un petit coup de bâton sur ma jambière.

François Gravel. «Gardien de but», extrait du livre *Zamboni*, Montréal, Boréal Junior, 1990, p. 7 à 11.

★★

1. Est-ce que le texte correspond à l'une ou l'autre de tes hypothèses de départ?
Si oui, encercle dans tes hypothèses ce qui est semblable à ce que tu trouves dans le texte.

2. Souligne dans le texte les mots qui décrivent l'équipement d'un gardien ou d'une gardienne de but.

3. Encadre la phrase qui permet de savoir quels sentiments le gardien de but vit dans les premières minutes de jeu.

Lis les phrases suivantes.

a) **Marc**, le capitaine de mon équipe, vient me féliciter.
b) **La rondelle** tombe devant moi.
c) **Je** mets d'abord ma combinaison.

Observe les mots en caractères gras.
Quel est leur rôle dans la phrase?

Je dois savoir que...

- Le sujet du verbe est un nom, un groupe du nom ou un pronom qui détermine l'accord du verbe en personne et en nombre.
- Pour trouver le sujet du verbe, je dois poser la question «Qui est-ce qui?» ou «Qu'est-ce qui?» avant le verbe.

  Exemples : **Ma chambre** est propre. Qu'est-ce qui est propre?
  Ton sac d'école est très joli. Qu'est-ce qui est joli?
  Je mange une pomme. Qui est-ce qui mange une pomme?

Dans les phrases suivantes, encercle les sujets du verbe. Indique la question que tu t'es posée pour les trouver.

a) Il s'en vient vers moi à toute vitesse.
b) La rondelle est encore dans notre zone.
c) Un joueur de mon équipe essaie de dégager le territoire.
d) Miguel s'empare du retour.

Forme une équipe de trois avec deux autres élèves.
Divisez-vous le texte : choisissez-vous un paragraphe par élève et faites l'activité suivante.

★★★ ———————————————————————

1. Relis le paragraphe qui t'est attribué.

2. Formule quatre questions à partir de ce paragraphe. Écris-les.

3. Relis tes questions. Assure-toi que la réponse à ces questions se trouve dans ton paragraphe.

4. Révise tes questions et mets-les au propre.

Pour m'aider, je pense à...

- Je n'oublie pas que, lorsque j'écris une question, ma phrase doit se terminer par un point d'interrogation.

  Exemples : Veux-tu venir avec moi?

  Qui a pris mon crayon?

À tour de rôle, les équipes devront poser leurs questions aux autres élèves.
Lorsque c'est le tour de ton équipe...

★★★★ ———————————————————————

1. Une personne de ton équipe pose une question en précisant de quel paragraphe il sera question.

2. Elle indique qui va répondre à la question en accordant le droit de parole à une ou à un élève.

3. Les autres membres de l'équipe vérifient si la réponse donnée correspond au paragraphe. Si elle ne correspond pas, quelqu'un d'autre tente de trouver la bonne réponse.

4. On procède ainsi à tour de rôle pour que chaque membre de l'équipe puisse poser une question.

 À ton tour de mettre en pratique ce que tu as appris tout au long du thème.

1. Dans la liste de mots ci-dessous, trouve les déterminants adjectifs possessifs. Écris-les.

une notre au ces mon lui leurs ses des c'est ta vos

2. Transcris les phrases et choisis le déterminant adjectif possessif qui convient.

a) J'aime beaucoup (ton - leurs) chandail de laine.

b) Mon père ne veut pas que je te prête (votre - ma) bicyclette.

c) Mon frère va nous rejoindre avec (mon - ses) amis.

d) Quand allez-vous nous donner (notre - nos) résultats?

3. Devant chacune des illustrations, écris le déterminant adjectif démonstratif qui lui convient.

a)

b)

c)

d)

e)

f)

4. Transcris les phrases et ajoute le déterminant adjectif démonstratif qui convient.

a) Comme  oiseaux sont magnifiques!

b)  manteau n'est pas à moi.

c) C'est ma mère qui m'a donné  robe.

d) Nous irons patiner  après-midi.

5. Transcris les phrases. Souligne les sujets du verbe.

a) Je fais semblant d'être d'accord.

b) Mon cœur bat très vite.

c) Dans les gradins, les parents crient.

d) Papa me fait toujours ses recommandations.

e) Le capitaine de mon équipe vient me féliciter.

6. Transcris les phrases. Souligne les groupes du verbe.

a) Je mets d'abord ma combinaison.

b) Mon père me fait toujours ses recommandations.

c) La partie n'est pas commencée.

d) Un joueur s'échappe.

e) J'essaie d'oublier leurs conseils.

Lis les pages suivantes. Tu trouveras toutes sortes de ressources qui t'aideront à comprendre et à composer de beaux textes.

Autour de la même idée

activité	entraînement
compétition	sport

De la même famille

content, contente	enjeu	entraîner
contentement	enjoué	entraînant
contenter	enjouée	entraînante
mécontent, mécontente	jeu	entraînement
mécontentement	jouable	entraîneur
mécontenter	jouer	entraîneuse
	joueur	surentraînement
	joueuse	surentraîner

Un verbe, un nom

dégager	⇨	dégagement	inscrire	⇨	inscription
discuter	⇨	discussion	intriguer	⇨	intrigue
hâter	⇨	hâte	participer	⇨	participation
impressionner	⇨	impression	transmettre	⇨	transmission

Des synonymes

conversation	endurance	inventer	violent, violente
causerie	résistance	imaginer	brutal, brutale
			agressif, agressive

Des antonymes

content, contente ⇨ mécontent, mécontente
gagner ⇨ perdre
s'habiller ⇨ se déshabiller
maladroit, maladroite ⇨ adroit, adroite

Des mots de relation

dans	depuis	enfin	hélas	sans

Des mots qui précisent

beaucoup	chaudement	convenablement	tellement	très

Les déterminants adjectifs démonstratifs

singulier		pluriel	
masculin	féminin	masculin	féminin
ce ski	cette raquette	ces skis	ces raquettes
cet hiver			

Les déterminants adjectifs possessifs

singulier		pluriel	
masculin	féminin	masculin	féminin
mon casque	ma luge	mes skis	mes raquettes
ton casque	ta luge	tes skis	tes raquettes
son casque	sa luge	ses skis	ses raquettes
notre casque	notre luge	nos skis	nos raquettes
votre casque	votre luge	vos skis	vos raquettes
leur casque	leur luge	leurs skis	leurs raquettes

Un verbe conjugué : aller

Mode indicatif

Présent	Imparfait
Je vais dehors patiner avec mes amis et mes amies.	j'allais
Tu vas à la montagne glisser en traîneau.	tu allais
Il, elle, on va en forêt avec des skis nordiques.	il, elle, on allait
Nous allons vers le centre de plein air de la région.	nous allions
Vous allez avec vos parents skier toute la journée.	vous alliez
Ils, elles vont dans les bois à travers les conifères.	ils, elles allaient

Mode indicatif	Mode conditionnel	Mode infinitif
Futur simple	Présent	aller
j'irai	j'irais	
tu iras	tu irais	
il, elle, on ira	il, elle, on irait	
nous irons	nous irions	
vous irez	vous iriez	
ils, elles iront	ils, elles iraient	

MAGILIVRES

Voici quelques suggestions de lecture.

À travers ces livres, explore l'univers magique des mots.

GRAVEL, François. Ill. de Pierre PRATT, *Klonk*, Montréal, Québec/Amérique, coll. Bilbo, 1993, 139 p.

MATIVAT, Marie-Andrée et Geneviève. Ill. de Diane BIENVENUE, *Togo*, Montréal, Pierre Tisseyre, coll. Papillon, 1993, 96 p.

SARFATI, Sonia. Ill. de Pierre DURAND, *Chalet, secret et gros billets*, Montréal, La courte échelle, coll. Premier Roman, 1993, 64 p.

LE TOUR EST JOUÉ!

Nous devons nous rendre dans les Laurentides pour pratiquer des sports d'hiver avec un groupe d'une vingtaine de personnes.

Nous aimerions que tu nous aides à choisir nos activités de la journée.

En lecture

1. Relis les textes du thème.
2. Nomme les différents sports que tu reconnais dans les illustrations des textes. Écris le nom de chaque sport.
3. Écris également le nom des sports auxquels tu penses et qui ne sont pas illustrés.

En écriture

1. Présente les différents sports que nous pourrions pratiquer durant la journée.
2. Présente au moins quatre sports. Tu dois préciser les plaisirs qu'on peut en retirer.

En communication orale

1. Pense à trois conseils qu'on doit suivre lorsqu'on pratique des sports d'hiver.
2. Présente ces conseils à notre groupe.

N'oublie pas de réviser ton texte. Fais attention aux fautes.

Pour t'aider, tu peux consulter la page 18.

Un peu de soleil, s'il vous plaît

Un peu de soleil, s'il vous plaît

PRÉSENTATION DU THÈME

Le Soleil est notre étoile à nous. Il éclaire et réchauffe la Terre où nous vivons. Sans le Soleil, la ronde des saisons, des jours et des nuits n'existerait pas.

Notre Terre tourne sur elle-même comme une toupie penchée. En même temps, elle tourne autour du Soleil.

Depuis toujours, les êtres humains ont observé ces deux mouvements. Ils ont déjà cru que le Soleil se levait le matin et se couchait le soir. Ils ont déjà cru que le Soleil naissait lentement au printemps et mourait au début de l'hiver.

Et ils ont inventé des dictons qui décrivent l'allongement progressif des jours.

À la Sainte-Luce*,
les jours croissent
du saut d'une puce.

À la Noël,
les jours s'allongent
d'un pas d'hirondelle.

Aux Rois**,
les jours s'allongent
d'un pas d'oie.

À la Chandeleur***,
les jours s'allongent
d'une bonne heure.

*   La Sainte-Luce est célébrée le 13 décembre.
** Autrefois, la fête des Rois était célébrée le 6 janvier. Aujourd'hui, on la célèbre le dimanche suivant cette date.
*** La Chandeleur (ou fête des chandelles) est une fête catholique célébrée le 2 février.

Le Soleil est plus haut dans le ciel

Le Soleil est une étoile très chaude
et très brillante. Dans le ciel,
la Terre tourne autour du Soleil.
Le mouvement de la Terre autour
du Soleil crée la ronde des saisons.

Choisis une des quatre saisons. Dis ce qui caractérise cette saison. Tu devras ensuite la présenter aux membres de ton équipe.

★

1. Pense à une saison.

2. Écris le nom des mois qui correspondent à cette saison.

3. Énumère trois de ses caractéristiques particulières.

4. Décris un événement ou une activité qui te fait penser à cette saison.

Présente la saison que tu as choisie aux membres de ton équipe.

★★

1. Exprime-toi clairement, établis le contact avec les membres de ton équipe.

2. Regarde les membres de ton équipe lorsque tu leur parles.

Écoute attentivement ce que les membres de ton équipe racontent.

★★★

1. Pose-leur des questions si c'est nécessaire.

2. N'interromps pas les autres lorsque tu veux prendre la parole; choisis le bon moment pour intervenir.

Avec les membres de ton équipe, résume ce que tu as appris sur les saisons.

Au Canada, il y a quatre saisons très différentes les unes des autres. T'es-tu déjà demandé comment on peut expliquer les différences entre les saisons? Sais-tu quelle saison a les plus longues journées? Sais-tu quelle saison a les plus courtes journées?

★

1. Lis d'abord le titre du texte.
2. D'après toi, y a-t-il un lien entre le Soleil et les saisons?
3. Discutes-en avec une camarade ou un camarade.

Lis maintenant le texte *Le Soleil est plus haut dans le ciel* **pour vérifier tes réponses. Tu découvriras quelle saison a les journées les plus longues et quelle saison a les journées les plus courtes.**

Le Soleil est plus haut dans le ciel

C'est l'hiver :
les nuits sont plus longues
que les jours.
Il fait sombre dès
cinq heures, l'après-midi.
Au printemps,
les jours deviennent
égaux aux
nuits.

Le Soleil est bas
dans le ciel,
le froid est là.

Le Soleil est chaque jour
un peu plus haut
dans le ciel.

Les jours sont plus longs,
il fait clair tard
le soir : c'est l'été.
Mais déjà l'automne arrive.
Les jours sont à nouveau
égaux aux nuits.

Le Soleil est
au plus haut
dans le ciel.

Le Soleil est moins haut
au-dessus de l'horizon.

Jean-Pierre Verdet. *Le ciel, le Soleil et le jour*, Paris, Gallimard Jeunesse,
coll. «Découverte Benjamin», 1986.

★★

1. As-tu deviné quelle saison a les journées les plus longues
et quelle saison a les journées les plus courtes?

2. Maintenant que tu as lu le texte, peux-tu dire si le Soleil
influence les saisons?

3. Est-ce que les illustrations t'aident à comprendre la ronde
des saisons? Est-ce qu'elles te permettent de savoir si le Soleil
influence les saisons?

Tu connais déjà une des caractéristiques des verbes : exprimer
une action. On peut reconnaître les verbes de plusieurs autres façons.
Observe les verbes dans les phrases ci-dessous. Que remarques-tu?

a) Au printemps, les nuits deviennent égales aux jours.

b) L'été, les jours seront plus longs, il fera clair tard le soir.

c) Si c'était l'automne, les jours seraient à nouveau égaux aux nuits.

J e dois savoir que...

Les verbes se conjuguent à différentes personnes, à différents modes et à différents temps.

- L'indicatif présent exprime une action qui se passe maintenant.
  Exemple : Les nuits **deviennent** égales aux jours.

- L'indicatif futur simple exprime une action qui se passera plus tard ou demain.
  Exemples : L'été, les jours **seront** plus longs, il **fera** clair tard le soir.

- L'indicatif imparfait exprime une action qui s'est déjà passée ou qui pourrait se passer.
  Exemple : À l'automne, les jours **étaient** égaux aux nuits.

- Le conditionnel présent exprime une action possible, mais généralement à certaines conditions.
  Exemple : Si c'était l'automne, les jours **seraient** à nouveau égaux aux nuits.

Trouve dans le texte deux verbes à l'indicatif présent.
Écris ensuite ces verbes à l'indicatif futur simple,
à l'indicatif imparfait et au conditionnel présent.

R elis le texte pour t'aider à réaliser les activités qui suivent.

★★★

1. Encadre le nom des saisons.
2. Souligne les mots qui indiquent la longueur des jours par rapport aux nuits.
3. Relis les quatre phrases insérées dans les illustrations. Pour chaque ligne, discute de quelle saison il s'agit avec une camarade ou un camarade.
4. Dans le texte, encercle l'antonyme des mots suivants :
   jour, sombre, bas, plus.

★★★★

1. Fais la liste des activités que tu peux faire seulement en été et à l'extérieur.
2. Présente ta liste aux membres de ton équipe et explique la raison de tes choix.
3. Écoute chaque membre de ton équipe présenter sa liste. Pose des questions si tu ne comprends pas.

Le premier été sur la toundra

À chaque extrémité de l'axe de la Terre, il y a un pôle : le pôle Nord et le pôle Sud. Les pôles sont toujours glacés, rien n'y pousse. Juste en dessous des pôles se trouvent des zones un peu plus réchauffées et éclairées par le Soleil. L'une de ces zones est la toundra. L'été est très court et l'hiver très long dans la toundra.

Les Amérindiens expliquent dans des contes certains phénomènes de la nature comme le froid, la chaleur et les changements des saisons.

Le *premier été sur la toundra* **est un conte amérindien. Lis-le et tu découvriras comment les Amérindiens expliquaient le long hiver de la toundra. Mais d'abord...**

★ ─────────────────────

1. Observe les illustrations.
2. Qu'est-ce qui se passe?
  - Essaie d'imaginer l'histoire seulement d'après les illustrations.
  - Discutes-en avec une camarade ou un camarade.
3. Lis le texte au complet pour vérifier tes impressions.

Le premier été sur la toundra

Un hiver si long...

Au commencement du monde, le Grand Nord ne connaissait pas l'été. L'hiver durait toute l'année.
Un jour, le vent qui voyageait beaucoup raconta aux animaux qu'il avait vu l'été.
— Loin d'ici, vers le sud, raconta-t-il, l'air est doux et chaud. Le Soleil brille dans le ciel. Le sol est couvert de plantes de toutes sortes.
Les animaux de la toundra furent bien étonnés d'entendre les paroles du vent. Ils se mirent à penser de plus en plus souvent à l'été.

Et pas d'été!

— Nous sommes fatigués du froid, de la neige et de la glace, dirent-ils enfin. Vent voyageur, dis-nous pourquoi l'été ne vient pas jusqu'ici?

Mais le vent ne répondait pas.

Harassé de questions, le vent finit par leur révéler un secret :

— Ce sont les fauvettes qui apportent l'été, dit-il. Un méchant manitou les a attrapées; il les a ligotées ensemble et les a suspendues dans son wigwam.

Il les surveille sans répit de sorte qu'elles ne peuvent même pas songer à s'évader. C'est pour cette raison qu'elles ne peuvent venir porter l'été jusqu'ici.

Que faire?

Après avoir réfléchi à ce qu'ils venaient d'entendre, les animaux s'indignèrent :

— Il faut trouver le wigwam du méchant manitou! cria le caribou.

— J'y vais, déclara Thacho, le pécan. Et il partit aussitôt dans la direction indiquée par le vent.

En direction de l'été

Thacho marcha plusieurs jours et plusieurs nuits à travers les grandes étendues couvertes de neige de la toundra. Puis, il arriva à un endroit où la neige fondue laissait voir des plaques de terre et de mousse. Il leva la tête et vit le Soleil qui brillait dans le ciel. Un peu plus loin, il vit de grands arbres qui agitaient leurs branches feuillues et des champs couverts de fleurs.

Il entendit mille chants d'oiseaux autour de lui.

— Ce doit être ici le pays de l'été, pensa Thacho.

Il se mit à chercher le wigwam du méchant manitou avec l'intention bien arrêtée de relâcher les fauvettes d'été.

Après avoir franchi des forêts et des champs de plus en plus verdoyants, il découvrit, à la tombée du jour, un vaste wigwam décoré de grands dessins rouges. Sans attendre, Thacho se glissa à l'intérieur et constata qu'il n'y avait personne, sauf... un gros paquet suspendu aux piquets du toit.

Vite! Thacho... Vite!

Sans perdre un instant, il coupa avec ses dents pointues les liens qui retenaient les oiseaux captifs. Les fauvettes libérées s'envolèrent aussitôt hors du wigwam dans un grand bruissement d'ailes. Thacho se rendit compte qu'elles se dirigeaient vers le nord.
— Enfin, se dit-il, elles s'en vont chez nous!
Il se mit à sauter et à gambader de joie quand surgit le grand manitou.

Un danger soudain...

Celui-ci comprit tout de suite ce qui s'était passé, car les fauvettes dessinaient un nuage mouvant dans le ciel et leurs cris égayaient le silence du soir.
Fou de rage, le manitou s'élança à la poursuite de Thacho qui avait filé sans attendre.
Une course échevelée s'ensuivit. Thacho courait de toutes ses forces à travers les bois et les champs, le méchant manitou sur ses talons. Mais tout le monde sait que Thacho est imbattable à la course. Le manitou, voyant qu'il n'allait pas le rattraper, sortit une flèche de son carquois et tira dans sa direction. Il lança plusieurs flèches sans l'atteindre. Puis, enfin, une de ses flèches transperça la queue de Thacho. Thacho sauta d'un bond dans le ciel vers le monde d'en haut.
La Lune avait tout vu. Elle décida de garder Thacho, le brave, avec elle dans le monde d'en haut. Elle le transforma sur-le-champ en étoile. Thacho resta donc avec la Lune, sa queue transpercée d'une flèche.

Enfin l'été!

Aujourd'hui, quand les hommes voient briller l'étoile du Nord, ils disent :
— C'est le pécan, Thacho. C'est lui qui a libéré les fauvettes d'été. C'est grâce à lui si nous connaissons l'été dans la toundra.

Attention : un pécan est une martre.

Adaptation d'un conte amérindien
par Cécile Gagnon.

★★

1. Qu'est-ce que tu apprends en lisant les deux premiers paragraphes du texte précédent?
Souligne les mots importants.

2. Quel rôle les fauvettes jouent-elles dans ce conte?
Relis le passage qui termine le texte correspondant au deuxième intertitre.

3. Qu'est-ce que Thacho voulait?
Encercle les mots qui le disent.

4. Contre qui Thacho a-t-il dû lutter?
Encadre le passage qui le dit.

Lis les phrases suivantes.
a) Elles vont apporter l'été.
b) Elles ne peuvent venir porter l'été jusqu'ici.
c) Ils venaient d'entendre une histoire très triste.
d) Elles s'envoleront dans un grand bruissement d'ailes.
e) Ils voudraient libérer les fauvettes prisonnières.

Souligne la finale des verbes. Encercle les sujets du verbe.
Que remarques-tu?

Je dois savoir que...

• Les finales des verbes conjugués avec les pronoms **ils** et **elles** sont **ont**, **ent**, **aient**, **ront** ou **raient**.
Exemples : **elles** v**ont**, **elles** dis**ent**, **ils** voul**aient**, **elles** fini**ront**, **ils** saute**raient**.

Ajoute la bonne finale aux verbes suivants.

a) elles voul ✍

b) ils fe ✍ ou ils fe ✍

c) elles part ✍ ou elles part ✍

d) ils mang ✍

e) elles f ✍

Le conte précédent a été résumé
dans les quelques phrases ci-dessous.
Malheureusement, les noms des personnages sont effacés.
Lis les phrases, puis complète-les.
Tu peux consulter le texte si tu en éprouves le besoin.

a) ✍ révèle le secret de l'été aux animaux de la toundra.

b) Voici le secret : ce sont ✍ qui apportent l'été.

c) Le ✍ a emprisonné des fauvettes d'été dans son wigwam.

d) ✍ part à la recherche du méchant manitou.

e) Thacho arrive au pays de l'été et libère ✍ qui s'envolent vers le nord.

f) ✍ saute d'un bond dans le ciel.

g) ✍ transforme Thacho en une étoile : l'étoile du Nord.

Dans le texte, tu as lu les groupes de mots suivants.

a) la direction **indiquée**...

b) avec l'intention bien **arrêtée**...

c) sa queue **transpercée**...

Observe bien les mots en caractères gras.
Que remarques-tu?

Je dois savoir que...

- Le participe adjectif est un mot qui vient du participe passé
  d'un verbe. On l'utilise seul, sans l'auxiliaire *être* ni l'auxiliaire *avoir*.

- Le participe adjectif s'accorde en genre et en nombre
  avec le nom qu'il précise.

  Exemples : la direction **indiquée** (verbe *indiquer*)

  sa queue **transpercée** (verbe *transpercer*)

Dans les phrases suivantes, encercle les participes adjectifs.

a) Thacho découvrit un wigwam décoré de grands dessins rouges.

b) Il resta avec la Lune, sa queue transpercée d'une flèche.

c) Thacho, délivré, sauta d'un bond dans le monde d'en haut.

Relis le texte, puis réponds aux questions suivantes.

★★★

1. Que penses-tu des personnages du conte?

2. Quel personnage préfères-tu? Pourquoi?

3. Choisis un des personnages et dis de quelle façon tu aurais réagi à sa place.

4. Dans le conte, souligne les passages qui te semblent vraisemblables.

Pour m'aider, je pense à...

Ce qui est vraisemblable, c'est ce qui pourrait exister dans la réalité, ce qui est probable.

Ce qui est invraisemblable, c'est ce qui ne semble pas vrai.

La toundra est une région que tu ne connaissais probablement pas avant de lire ce conte. Tu connais par contre la région où tu habites. Comment est l'hiver, dans ta région? Comment est l'été?

Dans un texte d'environ 15 lignes, présente la région où tu habites. Imagine que tu t'adresses à quelqu'un qui ne connaît pas ta région.

Planifie ton texte.

★

1. Fais une liste de ce qui est particulier à ta région. Pour t'aider, pose-toi les questions suivantes :
   - Quels animaux peut-on trouver dans ma région?
   - Quels oiseaux peut-on trouver dans ma région?
   - Quels insectes peut-on trouver dans ma région?
   - Les arbres et les fleurs sont-ils tous pareils?
2. Pense au temps qu'il fait dans ta région.
3. Pense à la longueur des jours d'été et des jours d'hiver dans ta région.
4. Si tu as besoin d'aide, tu peux :
   - demander à une camarade ou à un camarade de t'aider;
   - demander à ton enseignante ou à ton enseignant de t'aider;
   - consulter des livres de la bibliothèque.

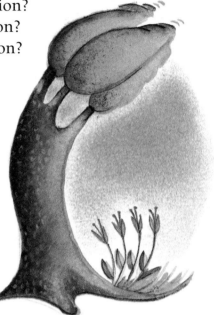

Rédige ton brouillon.

★★

1. Commence chaque phrase par une lettre majuscule et termine-la par un point.
2. Mets des déterminants devant les noms et accorde-les.
3. Lis ton texte à quelqu'un d'autre pour vérifier si tu n'as pas oublié de détails importants.

Révise ton texte. Relis-le une dernière fois.

★★★

1. Fais des liens avec des mots de relation entre les parties de tes phrases.
2. Fais accorder les déterminants et les adjectifs avec les noms.
3. Cherche dans le dictionnaire les mots que tu ne sais pas écrire.
4. Accorde bien les verbes.

Mets ton texte au propre. Lis-le aux membres de ton équipe.

Après tout ce blanc

La ronde des jours et des saisons a toujours inspiré des poètes. Les poètes ont chanté la chaleur de l'été, la blancheur de la neige, les couleurs des saisons, la profondeur de la nuit, les levers et les couchers de soleil.

Claude Roy a écrit un très beau poème sur le printemps. Lis-le. Tu découvriras ce que l'auteur pense du printemps. Mais avant...

1. Lis d'abord le titre du poème.
   - D'après toi, qu'est-ce que cela veut dire?
   - Redis le titre dans tes propres mots.
2. Regarde les illustrations.
   - D'après toi, quel sera le sujet de ce poème?
   - Partage tes idées avec les membres de ton équipe.

Lis maintenant le poème _Après tout ce blanc_ pour vérifier tes impressions.

Après tout ce blanc

Après tout ce blanc vient le vert,
Le printemps vient après l'hiver.

Après le grand froid le Soleil,
Après la neige vient le nid.

Après le noir vient le réveil,
L'histoire n'est jamais finie.

Après tout ce blanc vient le vert,
Le printemps vient après l'hiver,

Et après la pluie le beau temps.

Claude Roy. *Une histoire à suivre*, Lausanne, Farandoles et fariboles,
La guilde du livre.

Lis les phrases suivantes.

a) Le printemps vient après l'hiver.
b) Après le noir vient le réveil.
c) Le printemps nous fait rêver.

Souligne le sujet du verbe dans chaque phrase.
Que remarques-tu?

J e dois savoir que...

Le sujet du verbe n'est pas toujours placé immédiatement
avant le verbe.

- Il peut être placé après le verbe.
  Exemple : Après le noir vient le réveil.
- Il peut être séparé du verbe par un mot ou un groupe de
  mots qu'on nomme mots écrans.
  Exemple : Le printemps nous fait rêver.
- Il peut être séparé du verbe par le mot qui.
  Exemple : C'est le printemps qui vient après l'hiver.

Encercle le sujet du verbe dans les phrases qui suivent.

a) Après la neige vient le nid.
b) L'histoire n'est jamais finie.
c) Le beau temps vient après la pluie.
d) Le vent me fait peur, parfois.

Pour m'aider, je pense à...

- Un vers est un ensemble de mots qui se suivent et forment un certain rythme. Un vers correspond habituellement à une ligne écrite.
- Une rime, c'est la répétition des mêmes sons à la fin de deux ou de plusieurs vers.

★★

1. Compte le nombre de strophes du poème.
2. Compte le nombre de vers par strophe.
3. Groupe deux à deux les mots qui riment. Encercle-les.
4. Quel mot l'auteur utilise-t-il pour parler du printemps?

★★★

1. Lis le dernier vers. Qu'est-ce qu'il signifie?
2. Discutes-en avec d'autres élèves.
3. D'après toi, est-ce que cette phrase ressemble à un dicton? Explique ton point de vue.

Pour m'aider, je pense à...

Un dicton est une petite phrase devenue populaire.
Un dicton exprime une constatation, une réflexion ou un conseil.

À ton tour de créer un poème que tu offriras aux membres de ton équipe.
Pour l'écrire, inspire-toi du poème de Claude Roy.

Laisse aller ton imagination.
Amuse-toi avec les mots.

Planifie ton texte.

★

1. Repère les mots du poème dont tu connais le contraire. Encercle-les.
2. Trouve le contraire de chacun de ces mots et écris-le.
3. En t'inspirant du poème de Claude Roy, écris un court poème. Utilise les mots que tu viens de trouver.

Rédige ton brouillon.

★★

1. Écris des phrases courtes et fais rimer les derniers mots.
2. Regroupe tes phrases par strophes.
3. Écris ton brouillon.
4. Lis ton poème à une camarade ou à un camarade pour vérifier s'il exprime bien ce que tu veux évoquer.

Révise ton texte.

★★★

1. Pense à trois éléments que tu veux vérifier en révisant ton texte. Écris-les.
2. Révise ton texte en tenant compte de ces trois éléments.

Pour m'aider, je pense à...

Pour m'aider à réviser un texte, je peux consulter la page 18.

Écris ton texte au propre et décore-le.
Relis ton poème.
Prépare-toi ensuite à présenter ton poème à tes camarades.

★★★★

1. Lis ton poème aux membres de ton équipe.
2. Réponds à leurs questions s'il y a lieu.
3. Écoute attentivement les poèmes des autres.
4. Fais des commentaires à propos de ce que tu as aimé dans ces poèmes.

Affiche ton poème en classe.

 À ton tour de mettre en pratique ce que tu as appris tout au long du thème.

1. Écris le verbe *marcher* à l'indicatif présent, imparfait, futur simple et conditionnel présent.

2. Parmi les mots suivants, trouve les adjectifs et les participes passés employés sans auxiliaire. Écris-les.

toupie	cher	écarté
forte	ébréché	dimanche
écaillé	combien	assuré
couvrir	contre	joyeux

3. Transcris les mots de la liste.
Par un trait, associe les noms aux adjectifs ou aux participes adjectifs.
Attention! Remarque bien le genre et le nombre des noms et des adjectifs.

des étoiles	chaude
la température	courtes
les nuits	scintillantes
la neige	suspendu
un paquet	décoré
un wigwam	fondue

4. Transcris les phrases suivantes. Encercle les sujets du verbe.

a) Le Soleil réchauffe la Terre.

b) Mon enseignante nous a expliqué le mouvement de la Terre autour du Soleil.

c) C'est la Terre qui tourne autour du Soleil.

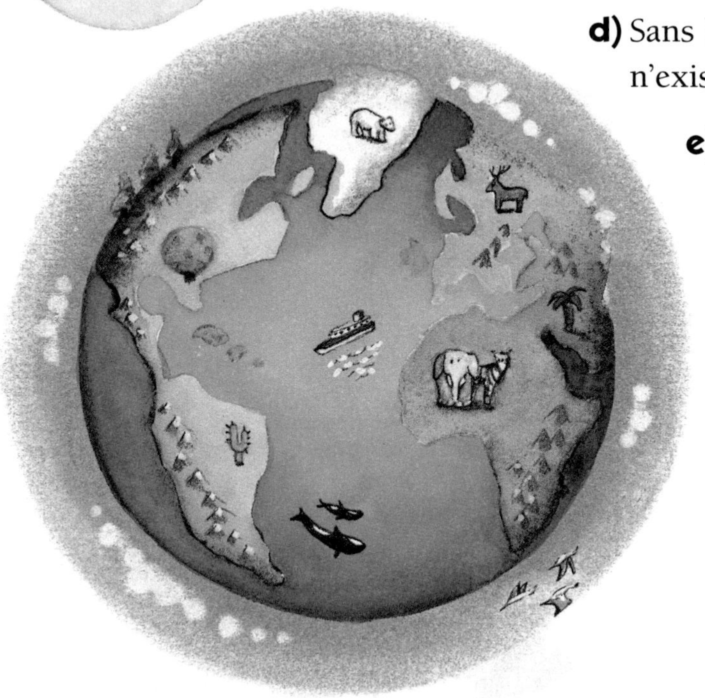

d) Sans le Soleil, la ronde des saisons n'existerait pas.

e) Le capitaine de mon équipe vient me féliciter.

5. Transcris les verbes et ajoute-leur la bonne finale.
Attention! Il peut parfois y avoir plusieurs finales différentes pour un verbe.

a) elle viend ✍

b) ils chant ✍

c) elles voul ✍

d) ils au ✍

e) ils mange ✍

f) elles v ✍

g) elles parti ✍

h) ils peuv ✍

i) elles dis ✍

j) ils f ✍

Autour de la même idée

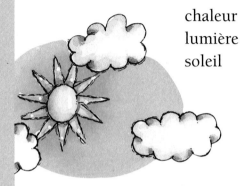

chaleur   jour
lumière   mesure du temps
soleil   nuit
     saison

noirceur
nuit
obscurité

De la même famille

ajournement   ensoleillement
ajourner   ensoleiller
aujourd'hui   solaire
bonjour   solarium
jour   soleil
journal
journalier
journée
toujours

Un nom masculin, un nom féminin

un jour   ⇨   une journée

un matin   ⇨   une matinée

un soir   ⇨   une soirée

Des antonymes

allonger   ⇨   raccourcir

briller   ⇨   s'obscurcir

chaud, chaude   ⇨   froid, froide

clair, claire   ⇨   sombre

se coucher   ⇨   se lever

haut, haute   ⇨   bas, basse

jour   ⇨   nuit

long, longue   ⇨   court, courte

naître   ⇨   mourir

supérieur, supérieure   ⇨   inférieur, inférieure

Des synonymes

bouger	⇨	se déplacer	imaginer ⇨ inventer
clair, claire	⇨	lumineux, lumineuse	luire ⇨ briller
			progressivement ⇨ graduellement
croire	⇨	penser	sombre ⇨ obscur, obscure
début	⇨	commencement	
doux, douce	⇨	agréable	

Un nom, un adjectif

automne	⇨	automnal, automnale
été	⇨	estival, estivale
hiver	⇨	hivernal, hivernale
printemps	⇨	printanier, printanière
saison	⇨	saisonnier, saisonnière
soleil	⇨	ensoleillé, ensoleillée

Un verbe conjugué : avoir

Mode indicatif

Présent	Imparfait	Futur simple
J'**ai** mon habit de neige.	j'av**ais**	j'au**rai**
Tu **as** tes lunettes de soleil.	tu av**ais**	tu au**ras**
Il, elle, on **a** des bottes chaudes.	il, elle, on av**ait**	il, elle, on au**ra**
Nous **avons** nos mitaines de laine.	nous av**ions**	nous au**rons**
Vous **avez** votre traîneau.	vous av**iez**	vous au**rez**
Ils, elles **ont** leurs patins.	ils, elles av**aient**	ils, elles au**ront**

Mode conditionnel

Présent

j'au**rais**
tu au**rais**
il, elle, on au**rait**
nous au**rions**
vous au**riez**
ils, elles au**raient**

Mode infinitif

Présent

avoir

Voici quelques suggestions de lecture. À travers ces livres, explore l'univers magique des mots.

JOLY, Martine. Ill. de Solvej CRÉVELIER, *Un soleil de crocodile*, Paris, Éd. Flammarion, coll. Castor poche benjamin, 1989, 48 p.

PERNUSH, Sandrine. Ill. de Jacqueline MATHIEU, *À l'ombre des choux-fleurs*, Paris, Éd. Messidor/La Farandole, coll. LF 8-9-10, 1985, 62 p.

TRUDEL, Sylvain. Ill. de Suzane LANGLOIS, *Le monsieur qui se prenait pour l'hiver*, Montréal, La courte échelle, coll. Premier Roman, 1995, 64 p.

LE TOUR EST JOUÉ!

 Choisis la saison que tu préfères et décris-la.

En lecture

1. Relis les textes du thème 7.
2. Repère les passages que tu trouves importants. Note les pages où ils se trouvent.

En écriture

1. Compose un texte d'une dizaine de lignes sur ta saison préférée.
2. Dans ton texte, explique pourquoi tu la préfères. Donne deux raisons.
3. Invite tes lectrices et tes lecteurs à profiter de la saison que tu préfères en utilisant des arguments convaincants.
4. Écris ton texte au propre et illustre-le.

   N'oublie pas de réviser ton texte. Fais attention aux fautes.
   Pour t'aider, tu peux consulter la page 18.

Affiche ton texte dans un corridor de ton école.

Valentin, Valentine

Valentin, Valentine

PRÉSENTATION DU THÈME

Depuis quelques jours, on voit du neuf dans les centres commerciaux, dans les confiseries, et même chez les fleuristes. Qu'est-ce qui se passe? La couleur rouge égaie toutes les vitrines. Le chocolat est roi et des boîtes en forme de cœur garnissent les étalages. On dirait que c'est la fête, que les gens ont envie de se réjouir, de communiquer leur amitié et leur tendresse.

Autour de toi, il y a des amis, des amies, des personnes que tu aimes beaucoup. Comment peux-tu leur faire savoir que tu les aimes?

La Saint-Valentin

Le 14 février, on fête la Saint-Valentin. Les amis et les amoureux s'envoient des cartes en signe d'affection. Ils offrent parfois des friandises en forme de cœur, des petits cadeaux d'amitié. Quelle est l'origine de la Saint-Valentin, cette fête de l'amour?

Regarde d'abord le titre du texte qui suit.

1. Sais-tu ce que signifie la Saint-Valentin?

2. Regarde bien les illustrations. Peux-tu dire d'où vient le nom «Saint-Valentin»?

3. Pourquoi dit-on que la Saint-Valentin est la fête de l'amitié?

Lis le texte *La Saint-Valentin* et vérifie tes réponses.

La Saint-Valentin

T'es-tu déjà demandé depuis quand on célèbre cette fête? Sais-tu qui était Saint-Valentin?

Valentin était un prêtre chrétien. Il vivait à Rome au troisième siècle. À cette époque, la plupart des Romains adoraient plusieurs dieux. Ils n'acceptaient pas la religion de Valentin. Les chrétiens comme lui étaient persécutés. Valentin a été exécuté le 14 février 270 pour avoir prêché le christianisme.

Mais pourquoi saint Valentin est-il devenu le patron des amoureux?

Plusieurs légendes expliquent cela. Une légende raconte que Valentin croyait tellement à l'amour qu'il célébrait en cachette des mariages interdits par l'empereur. On dit aussi que, lorsqu'il était en prison, il écrivit une lettre à la fille du geôlier, et signa «Ton Valentin».

Personne ne sait si ces histoires disent vrai. Mais nous savons que bien avant la naissance de Valentin, quand Rome n'était qu'un petit village de bergers, les gens célébraient déjà, le 15 février, le festival Lupercalia. C'était la fête du dieu Lupercus et de la fertilité.

Pendant ce festival, les jeunes filles écrivaient leur nom sur un bout de papier qu'elles déposaient dans une urne ou dans un bol. Les jeunes garçons tiraient un nom au hasard. Les couples ainsi formés devenaient jusqu'à l'année suivante des partenaires de danse et de jeu. Ils devenaient parfois des amoureux.

On célébra la Lupercalia jusqu'au cinquième siècle. Avec les années, de plus en plus de Romains étaient devenus chrétiens. La Lupercalia n'était pas une fête chrétienne, car elle célébrait un dieu païen. Pour cette raison, les prêtres tentèrent de l'abolir. Mais les gens tenaient à garder leurs coutumes. Les prêtres changèrent donc le nom du festival pour un nom chrétien, la Saint-Valentin. Ils en fixèrent la date au

14 février, le jour de la mort de saint Valentin. La Lupercalia devint ainsi une fête chrétienne, mais elle continua de célébrer la fertilité et surtout l'amour.

Plus tard, plusieurs peuples d'Europe occidentale adoptèrent certaines coutumes romaines, comme celle de fêter la Saint-Valentin. De génération en génération, la coutume se propagea. Aujourd'hui, on célèbre la fête de l'amour dans plusieurs pays.

Texte inédit de Marielle Cyr.

Lis les phrases suivantes.

a) Les Romains **n**'acceptaient **pas** la religion de Valentin.

b) On **ne** sait **pas** si ces histoires disent vrai.

c) Les prêtres **n**'ont **jamais** voulu accepter la fête de Lupercalia.

Observe les mots en caractères gras.
Que remarques-tu?

J e dois savoir que...

La phrase négative sert à nier un fait ou une opinion, à exprimer un refus ou une impossibilité.

Exemples : Il **n**'en est **pas** question.

Je **ne** partirai **jamais** sans toi.

Mets les phrases suivantes à la forme négative.
Écris les nouvelles phrases.

a) Il vivait à Rome au troisième siècle.

b) C'était la fête du dieu Lupercus.

c) Les jeunes garçons tiraient toujours un nom au hasard.

d) Elles écrivaient leur nom sur un bout de papier.

★★ ───────────────────────────

1. Dans le texte, trouve les mots *Valentin, Saint-Valentin* et *14 février*. Encadre-les.

2. Relis le deuxième paragraphe. Que t'apprend-il sur Valentin? Encercle les mots importants.

3. Relis le texte au complet. Selon les légendes, qu'est-ce que Valentin a fait? Souligne les expressions qui le disent.

Relis le texte au complet. Réponds ensuite aux questions à l'aide de ton transparent.

★★★ ───────────────────────────

1. Encercle Vrai ou Faux.

a) Valentin était un Romain chrétien.

Vrai   Faux

b) La Lupercalia se célébrait le 14 février.

Vrai   Faux

c) Valentin a vécu au cinquième siècle.

Vrai   Faux

2. Encercle la phrase qui correspond à la bonne réponse.

Valentin a-t-il vraiment existé?

a) Non, Valentin est un personnage légendaire.

b) Oui, Valentin a vécu au troisième siècle.

c) Oui, mais le vrai nom de Valentin était Lupercus.

3. Souligne la phrase qui correspond à la bonne réponse.

À quelle époque a-t-on commencé à célébrer le festival Lupercalia?

a) Le festival Lupercalia a d'abord été célébré au troisième siècle.

b) Le festival Lupercalia a d'abord été célébré au cinquième siècle.

c) Le festival Lupercalia était déjà célébré avant la naissance de Valentin.

4. Encercle la bonne réponse. Qui était saint Valentin?

a) Un berger.

b) Un des dieux romains.

c) Un prêtre.

Faire un collier et l'offrir

C'est toujours agréable de faire un petit cadeau à ses amis ou à ses amies. La Saint-Valentin représente une belle occasion de le faire. Le plus beau des cadeaux, c'est probablement celui qu'on prépare soi-même. Le texte qui suit te suggère un cadeau facile à fabriquer.

★ _____

1. Lis d'abord le titre du texte. Qu'est-ce qu'on te propose d'offrir?
2. Regarde le texte.
   - Quelle sorte de collier y est-il décrit?
   - Qu'est-ce qui le suggère?

**Lis attentivement la liste du matériel nécessaire.
Lis ensuite les étapes à suivre. Tu sauras ainsi comment fabriquer un beau collier de haricots.**

Faire un collier et l'offrir

Nora s'admire dans la glace.
— Tu as un nouveau collier? demandes-tu.
— Je l'ai fabriqué moi-même, répond-elle avec fierté. Avec des haricots.
— Des haricots! Mince! Montre-moi comment faire.

Collier de haricots

Il te faut :
- un ou plusieurs colorants alimentaires
- un petit bol et une cuiller pour chaque couleur
- de l'eau
- des haricots secs (en quantité suffisante pour faire un collier)
- une passoire
- des essuie-tout
- une aiguille et du fil

1) Verse quelques gouttes de colorant alimentaire dans un bol.
Si tu utilises plusieurs couleurs, prends un bol différent pour chacune.

2) Ajoute environ 50 mL d'eau dans chaque bol et remue.
Pour des couleurs plus soutenues, mets plus de colorant.

3) Fais tremper les haricots dans ces mélanges pendant environ
trois heures. Le mélange doit recouvrir les haricots. S'il le faut,
ajoute de l'eau.

4) Verse le contenu d'un bol dans la passoire déposée dans l'évier.
Rince les haricots et étends-les sur plusieurs feuilles d'essuie-tout.
Répète l'opération pour chaque couleur.

5) Fais sécher les haricots pendant deux heures, puis fais ton collier
en les enfilant à l'aide du fil et de l'aiguille.

Valérie Wyatt. *La science au féminin*, Saint-Lambert,
Héritage jeunesse, 1993, page 48.

Lis les phrases suivantes.

a) Tu **peux**.

b) Je l'**ai fabriqué**.

c) Il **faut des haricots secs**.

d) Je **suis contente**.

Regarde attentivement les mots en caractères gras.
Que remarques-tu?

J e dois savoir que...

Le groupe du verbe est un groupe d'un ou de plusieurs mots dont le verbe est l'élément de base.

Exemples : Je mange.

J'ai mangé.

Je mange une pomme.

Encercle les groupes du verbe dans les phrases qui suivent.

a) Je vais rencontrer mon amie.

b) Je sais.

c) Je t'attendrai au prochain cours.

d) On ira ensemble.

e) C'est d'accord.

★★ —————————————————————————————

1. Dans le texte, encercle le nom des objets nécessaires à la fabrication du collier.

2. Trouve les verbes qui disent ce que tu dois faire. Encadre ces verbes.

3. À quel endroit ces verbes sont-ils placés dans les phrases?

★★★ —————————————————————————————

1. Relis la partie du texte numérotée de 1 à 5.

2. À quoi servent les chiffres au début des phrases?

3. Est-ce que les chiffres t'aident à comprendre la façon de fabriquer le collier?

Remplis le tableau sur la feuille qu'on te remettra. **Relis ton texte si tu en as besoin.**

Fabrique un collier et offre-le en cadeau.

★★★★ —————————————————————————————

1. Relis le texte.

2. Procure-toi le matériel mentionné.

3. Fabrique le collier en suivant les étapes A, B et C expliquées dans le tableau que tu as rempli.

Que dirais-tu d'écrire une carte pour exprimer tes sentiments à ta Valentine ou à ton Valentin?

Planifie ton texte.

⭐

1. À qui adresseras-tu ta carte?
2. Que veux-tu exprimer à cette personne? Pense aux sentiments que tu éprouves pour elle.
3. Lui offriras-tu le collier que tu as fabriqué?

Rédige ton brouillon.

⭐⭐

1. Écris ton brouillon.
2. Rédige tes phrases à partir des sentiments que tu éprouves pour ta Valentine ou ton Valentin.
3. Relis ton brouillon pour vérifier si tu as bien exprimé ce que tu voulais dire.
4. Si ce que tu as écrit ne te satisfait pas, retravaille ton brouillon.

Révise ton texte.

⭐⭐⭐

1. Écris ton message au propre.
2. Relis ton texte une dernière fois pour t'assurer qu'il n'y a pas de fautes.

Pour m'aider, je pense à...

Pour m'aider à réviser un texte, je peux consulter la page 18.

⭐⭐⭐⭐

1. Prépare une carte pour la Saint-Valentin et illustre-la.
2. Transcris ton message sur la carte.
3. Donne ta carte à ta Valentine ou à ton Valentin.
4. Si tu as décidé de lui offrir le collier, donne-le-lui après l'avoir emballé.

Lill et Babi

Pour exprimer notre affection aux personnes que nous aimons, il n'est pas toujours nécessaire d'offrir un présent. Bien souvent, un geste, un regard ou une parole valent mieux qu'une carte ou qu'un petit cadeau.

Lis le texte *Lill et Babi*. Tu découvriras de quelle façon Babi manifeste sa tendresse à son ami Lill. Mais d'abord...

1. Regarde bien les illustrations.
   - D'après toi, qui sont les personnages?
   - Qu'est-ce qu'ils vivent ensemble?
2. Partage tes idées avec les membres de ton équipe.

Lis maintenant le texte au complet et vérifie tes idées.

Lill et Babi

Depuis une heure, Lill et Babi sont assis au bout du quai. Devant eux, la mer, immense comme un silence. Le vent gronde très fort, le ciel est noir et les vagues montent violentes, jusqu'à leurs pieds nus.

Il y a eu trois coups de tonnerre et Babi n'a même pas fermé les yeux. Avec Lill, elle n'a jamais peur. Il est bien plus grand qu'elle et il sait monter à cheval. Depuis une heure, ils n'ont pas dit un mot. Ils ont laissé la tempête les rejoindre. Les cheveux de Babi volent dans tous les sens.

— C'est demain, dit tout à coup Lill d'une voix rauque.

Babi tourne vers lui de grands yeux bruns mouillés.

— Je pars demain, répète Lill.

— Alors, il nous reste presque toute une journée? demande Babi.

Attends que je compte...

— Il reste douze vraies heures sans la nuit, murmure Lill qui a déjà fait le calcul.

Une vague fabuleuse balaie le quai. Lill saisit la main de Babi. Il se relève, tire Babi par la main et tourne le dos à la mer.

— Viens, dit-il juste au moment où le tonnerre éclate encore une fois.

La pluie se met à tomber d'un coup, dure, soufflée par le vent qui les empêche de marcher.

On dirait que le quai ne finira jamais. Lill voudrait courir, emmener Babi n'importe où, la cacher dans la montagne et la garder pour lui tout seul.

— Et ton cheval, qu'est-ce qu'il va faire sans toi? demande Babi.

— Je ne sais pas, Babi. Tout ce que je sais, c'est qu'il faut que j'aille dans un grand hôpital. Ils vont refaire mon cœur comme un vrai qui fonctionne.

— Je viendrai voir ton cheval tous les jours, dit Babi.

— Ils ont dit que ce serait long, murmure Lill.

— Même si ça prenait mille ans, je viendrais tous les jours, dit Babi.

Lill se retourne vers Babi. «Il a l'air trop triste», se dit-elle.

— Tu vas voler, Lill! dit Babi en essayant de sourire.

Tu me regarderas, de l'avion? Moi, je regarderai ton avion jusqu'à ce qu'il disparaisse.

Lill serre la main de Babi dans la sienne. Il appuie son front contre celui de Babi.

— Et je regarderai venir l'avion quand tu reviendras, continue Babi avec un sourire qui lui fait les yeux tout petits.

— Babi, je t'aime, murmure Lill.

Babi tend son autre main à Lill et ferme doucement les yeux. Tout devient chaud comme à Noël.

— Lill, si on allait le voir, ton cheval? dit Babi.

Lill regarde Babi. Elle ouvre les yeux. Alors, juste à ce moment-là, il sait qu'elle l'aime aussi.

Texte inédit de Christiane Duchesne.

★★ ─────────────────────────────

Avant de lire le texte, tu as imaginé qui étaient les personnages et ce qu'ils vivaient ensemble.

1. Qu'est-ce qui est semblable et qu'est-ce qui est différent entre l'histoire que tu as imaginée et celle que Lill et Babi vivent?

2. Souligne la phrase qui dit quand Lill doit partir.

3. Encadre les phrases qui expliquent :
   - à quel endroit Lill doit se rendre;
   - pour quelle raison il doit partir.

Relis maintenant le texte au complet avant de réaliser les activités qui suivent.

★★★
_____

1. Pourquoi Babi tourne-t-elle vers Lill ses «grands yeux bruns mouillés»?

2. Penses-tu que Lill et Babi s'aiment beaucoup?
   Qu'est-ce qui te permet de le dire?

3. As-tu déjà éprouvé des sentiments semblables à ceux que Lill éprouve pour Babi ou à ceux que Babi éprouve pour Lill?
   En quelles circonstances?

_____

Lis les phrases suivantes.

a) Il lui répond qu'il sait monter à cheval.

b) Elle tourne vers lui de grands yeux bruns mouillés.

c) Et si on allait le voir, ton cheval?

d) Il a l'air trop triste.

Souligne la finale des verbes.
Encercle les sujets.
Que remarques-tu?

Je dois savoir que...
Les finales des verbes conjugués avec les pronoms **il**, **elle** ou **on** sont **e**, **a**, **t** ou **d**.
Exemples : il aim**e**, elle dir**a**, on sai**t**, elle répon**d**.

Ajoute la bonne finale aux verbes suivants.

il cri   elle per ✍

elle manger ✍   on v ✍

on parl ✍   il fai ✍

il mor ✍   elle veu ✍

★★★★

Le texte présente deux personnages.

1. Écris leurs noms dans le tableau de la feuille qu'on te remettra.

2. Rappelle-toi ce que tu sais à propos de ces personnages.
Remplis le tableau.

Choisis une ou un camarade.
Ensemble, présentez le récit à la classe sous forme d'un court dialogue.

★

Planifiez la présentation de votre dialogue.

1. Qui interprétera le rôle de Lill? le rôle de Babi?

2. Précisez les phrases que chacun des personnages doit dire.

3. Notez ces phrases sur une feuille.

★★

Préparez-vous à présenter votre dialogue.

1. Interprétez votre dialogue une première fois entre vous.

2. Échangez vos commentaires et améliorez votre présentation.

★★★

Le moment venu, présentez votre dialogue à vos camarades de classe.

1. Écoutez les dialogues des autres équipes.

2. Dites ce que vous pensez de leurs présentations.

AU TRAVAIL !

À ton tour de mettre en pratique ce que tu as appris tout au long du thème.

**1. Mets les phrases suivantes à la forme négative.
Écris ces nouvelles phrases.**

a) Ma sœur aime faire de la bicyclette.

b) Natacha a toujours des cours de natation le samedi.

c) La casquette de Marilou est jaune.

d) Mon chat dort souvent sur mon lit.

e) La pluie tombe sur la tente.

**2. Transcris les parties de phrases ci-dessous.
Complète ensuite les phrases en reliant leurs deux parties par un trait.**

Autrefois j'habitais   jamais de chandail rouge.

Maman ne porte   comme un renard.

Il est rusé   à la campagne.

Fatima n'acceptera   pas les biscuits.

Justine n'aime   jamais de te prêter sa bicyclette.

3. Transcris l'infinitif des verbes suivants, puis conjugue-les à l'indicatif présent.

a) pouvoir : elle

b) répondre : on

c) coudre : il

d) chanter : on

e) bâtir : elle

f) aller : il

4. Transcris les verbes et ajoute-leur la bonne finale.

a) il lav

b) on tien

c) elle ir

d) on ren

a) elle pren

b) il viendr

c) on allai

d) elle boug

5. Transcris les phrases.
Encercle les goupes du verbe.

a) Le chien est mon animal préféré.

b) Mon amie Julie s'est cassé le bras.

c) Tu le sais.

d) Elle est partie.

e) J'ai dormi.

6. Relis le texte _Lill et Babi._
Relève cinq groupes du verbe.

Lis les pages suivantes. Tu trouveras toutes sortes de ressources qui t'aideront à comprendre et à composer de beaux textes.

Autour de la même idée

affection	ami, amie
amitié	amoureux, amoureuse
amour	camarade
sentiment	copain, copine
tendresse	Valentin, Valentine

De la même famille

aimable	don	offrande	violemment
aimablement	donateur	offre	violence
aimer	donatrice	offrir	violent
amabilité	donner		violente
amant	donneur		violenter
amante	donneuse		
amour	pardon		
amoureuse	pardonner		
amoureusement	redonner		
amoureux			
s'amouracher			

Des synonymes

courir	⇨ se presser	saisir	⇨ prendre
envoyer	⇨ expédier	violent, violente	⇨ agressif, agressive

Des antonymes

accepter	⇨	refuser
disparaître	⇨	apparaître
donner	⇨	garder
partir	⇨	arriver
violent, violente	⇨	doux, douce

Des lettres doubles

ai**gu**ille   cui**ll**er   **emm**ener   to**nn**erre   nai**ss**ance   a**tt**endre

co**ll**ier   vi**ll**age   **imm**ense

Un verbe conjugué : être

Mode indicatif

Présent	Imparfait	Futur simple
Je **suis** son Valentin.	j'ét**ais**	je se**rai**
Tu **es** sa Valentine.	tu ét**ais**	tu se**ras**
Il, elle, on **est** son Valentin.	il, elle, on ét**ait**	il, elle, on se**ra**
Nous **sommes** leurs Valentins.	nous ét**ions**	nous se**rons**
Vous **êtes** leurs Valentins.	vous ét**iez**	vous se**rez**
Ils, elles **sont** leurs Valentins.	ils, elles ét**aient**	ils, elles se**ront**

Mode conditionnel

Présent

je se**rais**
tu se**rais**
il, elle, on se**rait**
nous se**rions**
vous se**riez**
ils, elles se**raient**

Mode infinitif

Présent

être

MAGILIVRES

Voici quelques suggestions de lecture. À travers ces livres, explore l'univers magique des mots.

DEMERS, Dominique. Ill. de Philippe BÉAT, *Valentine Picotée*, Montréal, La courte échelle, coll. Premier Roman, 1991, 64 p.

FERDJOUKH, Malika. Ill. de Gérard GOLDMAN, *Arthur et les filles*, Paris, Éd. Syros, coll. Souris Rose, 1989, 45 p.

SIMPSON, Danièle. Ill. de Robert DOLBEC, *Coralie est amoureuse*, Varennes, Graphicor, coll. Papillon jaune, 1985, 24 p.

LE TOUR EST JOUÉ!

 Dans quelques jours, on fêtera la Saint-Valentin. Prépare des vœux pour une personne que tu aimes particulièrement.

En lecture

Lis les différents messages inscrits sur les cartes de Saint-Valentin que ton enseignante ou ton enseignant te remettra.

En écriture

En t'inspirant de ces cartes, écris le brouillon d'un message de Saint-Valentin destiné à la personne que tu as choisie.

Transcris ton message au propre et décore-le.
N'oublie pas de réviser ton texte. Fais attention aux fautes.
Pour t'aider, tu peux consulter la page 18.

Enfin la relâche!

Enfin la relâche!

PRÉSENTATION DU THÈME

La période de relâche scolaire a lieu vers le milieu de l'hiver.
Pendant ce temps, l'école est fermée. Les enseignantes,
les enseignants et les élèves ont droit à une semaine
de vacances. Les uns partent en voyage, les autres restent
à la maison. La relâche, c'est un temps d'arrêt qui sert
à reprendre des forces, à faire le plein d'énergie.
Après, on repart du bon pied.

As-tu hâte de faire une pause d'une semaine? Que vas-tu faire?
Tes parents ont-ils déjà planifié quelque chose?
Iras-tu à la garderie ou chez quelqu'un de ta famille?
Resteras-tu à la maison en compagnie de ton père ou de ta mère?
On peut faire tant de choses en une semaine!

À cinq minutes près!

Vendredi. Dans cinq minutes, il sera 15 h. Ce vendredi-là n'est pas comme les autres. La classe est trop paisible. Il va certainement se passer quelque chose.

L'enseignante, Marisa, continue à parler au milieu d'un silence inhabituel. «À quoi pensent-ils donc?» se demande-t-elle en regardant les groupes d'élèves. Tous et toutes ont une petite lueur d'excitation dans les yeux. Pourtant, ses élèves paraissent calmes. Ah oui? Jusqu'à quand?

★ ───────────────────

1. Observe attentivement les illustrations.
2. D'après toi, à quoi les élèves peuvent-ils penser?
3. Discutes-en avec tes camarades.

Lis maintenant le texte **À** *cinq minutes près!*
et tu découvriras ce que les élèves de Marisa manigancent.

À cinq minutes près!

Vendredi, 14 h 55

Malgré les 28 élèves de la classe, le silence est de rigueur. Marisa, mon enseignante, nous entretient d'un film qu'elle a vu hier à la télévision. L'intérêt manque. Marisa arrête brusquement de parler. Nous nous regardons en silence. Va-t-elle poser la question? Eh oui!
— Pourquoi êtes-vous si silencieux?
Personne ne répond. Il faut dire que nous travaillons d'arrache-pied depuis une semaine à construire deux forts. Le premier est celui de Mohammed, un garçon de ma classe. Mohammed a préparé la bataille de balles de neige. Le deuxième, c'est le mien. Les élèves de la classe l'appellent «le fort à Marie-Bernard». Bien entendu, c'est le plus beau.

Nous nous sommes divisés en deux groupes et nous comptons tous et toutes gagner la bataille. Mon équipe comprend huit filles et six garçons. L'équipe de Mohammed, sept garçons et sept filles.

Marisa laisse tomber les bras.

— Allez-vous m'expliquer ce qui se passe?

Il est 14 h 59.

Je me tortille sur ma chaise. La vie reprend dans la classe. Noémie se lève et va jeter un papier.

Marisa ne sait plus quoi dire.

Dring! Dring!

Tout le monde est debout en un rien de temps.

Marisa lance tout haut : «Bonne semaine de relâche!»

Nous lui répondons avec la même phrase. Notre rêve, la bataille de balles de neige, va enfin se réaliser.

1. Pourquoi Marisa croit-elle qu'il se passe quelque chose dans sa classe?

2. Marisa a-t-elle raison d'avoir des doutes? Explique ta réponse.

3. D'après toi, est-ce un vendredi comme les autres? Pourquoi?

Dans le texte *À cinq minutes près!*, plusieurs verbes sont précédés de *nous*.

Souligne ces verbes. Que remarques-tu?

J e dois savoir que...

Les verbes conjugués avec le pronom **nous** ont généralement une finale en **ons**.

Exemples : nous aim**ons**, nous finiss**ions**, nous ir**ons**, nous dir**ions**.

Ajoute la bonne finale aux verbes suivants.

nous voul ✍   nous mangi ✍

tu veu ✍   tu lira ✍

j'avai ✍   nous porteri ✍

nous partir ✍   je marcher ✍

je peu ✍   nous habit ✍

R elis maintenant le texte pour t'aider à réaliser les activités qui suivent.

★★★

1. Combien d'élèves feront partie du fort de Marie-Bernard? Souligne l'expression qui le dit.
2. Combien d'élèves feront partie du fort de Mohammed? Encadre l'expression qui le dit.
3. Combien y a-t-il d'élèves dans la classe de Marisa? Encercle la phrase dans laquelle tu trouves la réponse.

F ais une liste des activités que tu projettes pour la semaine de relâche.

P lanifie ton texte.

1. Quels sont les amies et les amis que tu veux réunir?
2. Quelles activités souhaites-tu organiser?
3. As-tu besoin d'une personne adulte pour réaliser les activités que tu projettes?
4. Si tu dois te rendre à un endroit précis pour une activité, prévois :
   - le moyen de transport pour t'y rendre;
   - les heures d'ouverture et de fermeture;
   - le matériel et l'équipement nécessaires.

Rédige ton brouillon.

1. Remplis le tableau sur la feuille qu'on te remettra.
2. Dans ce tableau, inscris les activités que tu prévois réaliser individuellement ou avec d'autres.
3. Indique si ces activités auront lieu chez toi ou ailleurs.

Révise ton tableau.

1. Vérifie l'orthographe des mots que tu as écrits. As-tu utilisé le genre et le nombre qui conviennent?
2. Vérifie si tu as inscrit au bon endroit les activités que tu projettes.
3. Relis ton tableau une dernière fois pour t'assurer qu'il n'y a pas d'erreurs.

Présente ton tableau d'activités à tes camarades.

1. Explique à tes camarades les activités que tu prévois pour la semaine de relâche. Donne-leur les raisons pour lesquelles tu as choisi ces activités.
2. Réponds aux questions, s'il y en a.
3. Écoute les présentations de tes camarades. Demande-leur de t'expliquer ce que tu ne comprends pas, s'il y a lieu.
4. Est-ce que ton tableau ressemble à celui de tes camarades?
   - Qu'est-ce qui est semblable?
   - Qu'est-ce qui est différent?

Baptême de l'air

Voir et entendre voler un avion au-dessus de sa tête, c'est une chose. Prendre place comme passagère ou passager dans un avion, c'est autre chose! Et le faire pour la première fois, lorsqu'il fait encore nuit, quelle aventure exaltante! Comment se sent-on lors de son baptême de l'air?

Qu'est-ce que l'expression *baptême de l'air* veut dire? Réponds aux questions suivantes sur une feuille à part.

1. Qu'est-ce que l'expression *baptême de l'air* signifie pour toi?
2. Où cela peut-il se passer?
3. À quelle occasion?
4. Avec qui?

**Lis maintenant le texte *Baptême de l'air*.
Tu verras qu'un baptême de l'air, c'est parfois très particulier...**

Baptême de l'air

Ça y est! L'avion roule sur la piste.
Un... Deux... Trois... C'est parti! Nous grimpons dans les nuages.
Ma sœur se bouche les oreilles.
Élodie est spéciale. Avec elle, on ne sait jamais à quoi s'attendre.
Depuis que papa et maman nous ont confiées à l'agente de bord, ma sœur n'en mène pas large!

Élodie serre son ourson contre son cœur. Il ne faudrait pas grand
chose pour qu'elle se mette à pleurer.

Moi, il me semble que ça fait une éternité que j'attends ce moment!
Nous partons passer la semaine chez notre grand-mère en Abitibi.
C'est la solution que nos parents ont trouvée à leur problème
de garde. Et grand-mère est ravie!

C'est la première fois que je prends l'avion. Je trouve ça très excitant!
Par le hublot, je vois les lumières des villes et des villages
que nous survolons. D'ici, on dirait des étoiles.

— Regarde, Élodie!

Ma sœur a d'autres préoccupations. Elle se trémousse sur son siège :

— J'ai envie...

Aïe... Aïe... Aïe... Je n'avais pas prévu ça! Je cherche l'agente de bord
du regard. Je lui fais de grands signes désespérés.

À côté, Élodie se tord dans son fauteuil. On dirait la contorsionniste
du Cirque du Soleil.

Enfin, l'agente de bord vient vers nous!

— Je veux faire pipi, lance Élodie.

La vieille dame qui sommeillait sur le fauteuil, de l'autre côté
de l'allée, nous jette un regard noir.

L'agente de bord tend la main à ma sœur. Mais Élodie discute
et refuse de la suivre sans son ourson.

— Il aurait trop peur, tout seul.

La vieille dame pousse de grands soupirs agacés.

— Je suis sûre que c'est une sorcière, murmure Élodie à l'oreille
de l'agente de bord.

La jeune femme réprime un sourire :
— Mais je croyais que les sorcières
voyageaient sur des balais.
Élodie hausse les épaules :
— Oui. Mais en hiver, elles prennent l'avion
comme tout le monde!

Plus tard, l'agente de bord nous apporte un goûter qu'elle dépose sur
une tablette devant nous. Les assiettes sont minuscules.
On dirait de la vaisselle de poupée.
Élodie tente de déballer son morceau de fromage. Elle coince
un bout de l'emballage entre ses dents et tire de toutes ses forces.
Crac! La pellicule plastique cède! Et voilà le bout de fromage
qui vole dans les airs, puis atterrit sur le chapeau de la sorcière. Plaf!
Quelle catastrophe! Et dire qu'il reste encore une demi-heure de vol.
Décidément, je crois que je me souviendrai longtemps de mon
baptême de l'air!

Texte inédit de Marie-Andrée Boucher Mativat.

★★

1. Est-ce qu'Élodie et sa sœur sont accompagnées de leurs parents?
   Encadre le paragraphe qui justifie ta réponse.
2. Souligne les mots qui disent à quel endroit Élodie et sa sœur
   s'en vont.
3. À qui Élodie compare-t-elle la vieille dame?
   Encercle les mots qui le disent.

Lis les phrases suivantes.
a) Je vois les lumières <u>des villes</u>.
b) On dirait la contorsionniste
   du Cirque <u>du Soleil</u>.
c) On dirait de la vaisselle <u>de poupée</u>.
d) Et voilà le bout <u>de fromage</u> qui vole
   dans les airs!

Observe attentivement les mots soulignés.
Que remarques-tu?

e dois savoir que...

Le complément du nom est un mot ou un groupe de mots
qu'on ajoute au nom pour le préciser, pour donner plus de
renseignements.
Exemples : le ski <u>de fond</u>, la pêche <u>sur glace</u>.

Lis les phrases ci-dessous.
Ajoute un complément du nom à chacune. Écris les nouvelles
phrases.

a) Nora aimerait avoir une semaine .
b) Mathieu préfère les activités ✍.
c) Myriam est toujours la première dans la salle ✍.
d) Voici l'horaire des projections ✍.

★ **R**elis le texte *Baptême de l'air* pour t'aider à réaliser les activités qui suivent.

★★★

1. Reproduis le tableau ci-dessous, puis remplis-le.

	Élodie	La sœur d'Élodie	La vieille dame	L'agente de bord
Les actions des personnages				
Les réactions des personnages				
Les sentiments des personnages				

2. L'auteure du texte décrit quelques scènes amusantes.
   - Relis le texte et repère deux scènes que tu trouves amusantes.
   - Écris une expression qui te rappelle chacune de ces scènes.

3. À la fin du texte, la sœur d'Élodie s'exclame : «Décidément, je crois que je me souviendrai longtemps de mon baptême de l'air!»

- Relis ce que tu as écrit à propos de l'expression *baptême de l'air* au début du scénario. Quel sens donnes-tu maintenant à cette expression?
- Discutes-en avec les membres de ton équipe.

Lis attentivement la liste de mots qui suit.

spécial	sorcier
excitant	papa
gardien	frère

Trancris ces mots sur une feuille.
Écris le féminin de chaque mot.
Que remarques-tu?

J e dois savoir que...

- Le féminin des noms et des adjectifs ne se forme pas toujours de la même façon.
  En général, on obtient le féminin d'un nom ou d'un adjectif en ajoutant un **e** à sa forme masculine.
  Exemples : un enseignant, une enseignant**e**; excitant,excitant**e**.
- On forme le féminin de certains noms et de certains adjectifs d'une façon particulière.
  a) Pour certains mots, on double la consonne finale au féminin.
     Exemples : un gardi**en**, une gardi**enne**; épa**is**, épa**isse**.
  b) Certains mots ont une finale différente au féminin.
     Exemples : un sorci**er**, une sorci**ère**; **fou**, **folle**.
  c) Pour certains noms, le féminin est un mot différent.
     Exemples : un **père**, une **mère**; un **taureau**, une **vache**.

Mets les mots suivants au féminin.

a) complet	f) un écolier
b) gros	g) un danseur
c) joli	h) un cheval
d) sportif	i) un auteur
e) furieux	j) un lion

Viens t'amuser!

Cinq jours de vacances, sans compter la fin de semaine qui précède, ni celle qui suit. Quel bonheur! Pouvoir jouer, nous promener, lire, nous amuser avec nos camarades toute la journée, c'est tout un rêve!

Tu as probablement déjà pensé à ce que tu as envie de faire pendant ta semaine de congé. Sais-tu que tu n'es pas la seule personne à le faire? Dans la plupart des villes, on organise des activités spécialement cette semaine-là.

Lis le texte qui suit. Il décrit les activités proposées dans le quartier est de Sherbrooke pour la semaine de relâche scolaire. Mais d'abord...

---

1. Explore l'ensemble de ce texte présenté sous forme de dépliant.
2. Lis le titre et les intertitres. Repère les trois parties du texte.
3. Raconte à une camarade ou à un camarade ce que tu t'attends à trouver dans ce texte.
4. Discutez-en ensemble.

Viens t'amuser!

VOLET 1

Semaine de relâche
De 3 à 5 ans

Voici la petite semaine de relâche...
Alors viens t'amuser avec nous
et jouer dehors!

Le mardi 28 février et le jeudi 2 mars
de 13 h à 16 h
au 300, rue Conseil.
Coût : 5 $ par après-midi.
Limite de 24 jeunes par jour.

De 6 à 11 ans

Durant la relâche, c'est le temps de lâcher son fou, de faire du sport, du plein air, de la glissade, de jouer aux quilles et à bien d'autres choses...

Horaire : 9 h à 15 h 30.
Coût : 7 $ par jour ou
        30 $ pour la semaine.
Limite de 80 jeunes par jour.
Inscription par téléphone :
le mercredi 15 février de 18 h à 21 h.

VOLET 2

Activités pour toute la famille!

ExtraOrdineige
Le dimanche 5 février au parc Victoria :
de 13 h à 16 h.
Vous trouvez que l'hiver est froid et ennuyeux? Eh bien, laissez-nous vous prouver le contraire!
Vous avez plus d'un choix, l'hiver.

À la maison

1. Glisser et tomber sur le trottoir.
2. Passer le balai à l'intérieur.
3. Regarder la télé et vous ennuyer en regardant des gens sauter en parachute.

Au parc Victoria et au parc Jardins-Fleuris

1. Glisser sur vos chambres à air et vous amuser.
2. Jouer à l'extérieur au ballon-balai et vous amuser.
3. Jouer au parachute et vous amuser.

En effet, tout cela et plus encore (spectacles, chansons, boissons chaudes). Un après-midi rempli d'activités tout simplement «ExtraOrdineige».

Boule-de-Neige

Le dimanche 19 février au parc Jardins-Fleuris : de 13 h à 16 h.

VOLET 3

Rappel d'inscription

Dates : 11 et 12 janvier de 17 h 30 à 21 h.
Endroit : 300, rue Conseil (Comité récréatif du quartier Est).
Renseignements : 821-5791.

- Faire un chèque au nom du C.R.Q.E.S. inc.
- Aucun remboursement.
- Les places sont limitées pour chacune des activités.
- Les inscriptions se poursuivront jusqu'au début des activités :
  de 9 h à 21 h et de 13 h 30 à 16 h 30.

Comité récréatif du quartier Est de Sherbrooke inc. *Info Quartier Est*, Guide à l'intention des usagers, Sherbrooke, janvier 1995.

★★

1. Combien de jeunes peuvent s'inscrire dans le groupe des 6 à 11 ans? Souligne les mots qui le disent.

2. Quand la journée «ExtraOrdineige» aura-t-elle lieu? Encercle les mots qui justifient ta réponse.

3. À quel endroit les inscriptions ont-elles lieu? Encadre le passage qui le rappelle.

★★★

1. Aimes-tu les activités proposées dans ce dépliant? Explique ta réponse.

2. As-tu pensé à des activités semblables?

3. Aimerais-tu que d'autres activités soient proposées? Lesquelles?

Lis les phrases suivantes.

a) Vous aviez l'intention de partir en vacances?
b) Voudriez-vous passer de belles vacances?
c) Si vous venez vous joindre à nous, vous ne le regretterez pas!

Souligne la finale des verbes et encercle les sujets.
Que remarques-tu?

La finale des verbes conjugués avec le pronom vous est généralement **ez**.
Exemples : **vous** venez, **vous** aviez, **vous** regretterez, **vous** voudriez.

Dans le texte *Viens t'amuser!*, deux verbes sont conjugués avec le pronom **vous**. Écris ces deux verbes.

Prépare un dépliant sur les activités proposées dans ton quartier pour la semaine de relâche scolaire. Planifie ton texte.

★

1. À qui vas-tu remettre ton dépliant?
2. Informe-toi sur les activités organisées dans ton milieu pendant la semaine de relâche.
3. Pense à d'autres activités que tu peux organiser avec tes camarades.
4. Prends des notes.

Rédige ton brouillon.

★★

1. Choisis les activités qui conviennent aux personnes à qui tu t'adresses.
2. Précise les renseignements nécessaires : le type d'activité, la date, l'heure, le lieu, la liste du matériel, etc.
3. Cherche des mots qui vont accrocher les lectrices et les lecteurs de ton dépliant.

Révise ton texte. Mets ton dépliant au propre.

★★★

1. Réfléchis à la façon de disposer le texte : le titre, les renseignements, les illustrations, etc.
2. Relis attentivement ton texte pour t'assurer qu'il n'y a pas d'erreurs.
3. Présente ton dépliant à tes camarades.

P our m'aider, je pense à...

Pour m'aider à réviser un texte, je peux consulter la page 18.

AU TRAVAIL !

 À ton tour de mettre en pratique ce que tu as appris tout au long du thème.

1. Transcris les verbes suivants et ajoute-leur la bonne finale.

a) nous chant ✎

b) nous disi ✎

c) nous fer ✎

d) nous voul ✎

e) nous aimeri ✎

f) nous saur ✎

g) nous souhaiti ✎

h) nous parleri ✎

2. Transcris les phrases ci-dessous. Souligne les groupes du nom et encercle les compléments du nom.

a) L'école de mon village sera ouverte la semaine prochaine.

b) Iras-tu faire du ski de fond ou du ski alpin?

c) Sophie a construit deux forts de neige et de glace.

d) L'équipe est composée de sept filles de notre classe et de sept garçons de l'école voisine.

e) Le bonhomme de neige construit par Philippe porte un long foulard de laine rose et un chapeau de feutre noir.

3. Lis les phrases ci-dessous. Trouve un complément du nom pour compléter chacune d'elles. Écris les nouvelles phrases.

a) Hénia se rendra à la maison ✎ .

b) Jolin soignera les animaux ✎ .

c) Ma voisine fera du ski ✎ .

d) La tempête ✎ est annoncée pour jeudi.

e) La voiture ✎ était encore froide lorsque je suis monté.

88

4. Écris le féminin des noms et des adjectifs ci-dessous.

a) délicat

b) un infirmier

c) un âne

d) criminel

e) doux

f) un danseur

g) cadet

h) meilleur

i) un cochon

j) naïf

5. Transcris les phrases suivantes et mets au féminin les mots entre parenthèses.

a) J'ai reçu une chatte (persan) en cadeau.

b) C'est une (joli) fille à la chevelure (roux).

c) La (singe) est très (intelligent).

d) Mon frère ira passer une semaine chez tante (Gabriel).

e) Depuis qu'elle suit des cours privés, elle est devenue une bonne (lecteur).

6. Transcris les verbes et ajoute-leur la bonne finale.

a) vous achet

b) vous donner

c) vous connaissi

d) vous prédiri

e) vous lis

f) vous verr

Lis les pages suivantes. Tu trouveras toutes sortes de ressources qui t'aideront à comprendre et à composer de beaux textes.

Autour de la même idée

le froid	s'amuser	organiser
la glace	se détendre	planifier
l'hiver	se distraire	préparer
la neige	se reposer	prévoir
la tempête		

De la même famille

actif	amusant	baptême	relâche
active	amusante	baptiser	relâché
activement	amusement	baptismal	relâchée
activer	s'amuser	baptismale	relâchement
activité		baptistaire	relâcher
		baptiste	
		baptistère	

Un verbe, un nom

s'amuser	⇨	amusement	jouer	⇨	jeu
discuter	⇨	discussion	préoccuper	⇨	préoccupation
glisser	⇨	glissade	voyager	⇨	voyage

Des synonymes

intérêt	⇨	attention	paraître	⇨	sembler
minuscule	⇨	petit	se souvenir	⇨	se rappeler
paisible	⇨	calme			

Des antonymes

s'arrêter	⇨	repartir	gagner	⇨	perdre
boucher	⇨	déboucher	inhabituel,	⇨	habituel,
brusquement	⇨	doucement	inhabituelle		habituelle
déballer	⇨	emballer	se souvenir	⇨	oublier
diviser	⇨	grouper			

Des lettres doubles

comme	sommeiller	classe	passer	attendre
femme	oreille	passager	se trémousser	atterrir
		passagère		

Un verbe conjugué : pouvoir

Mode indicatif

Présent	Imparfait
Je peu**x** faire une pirouette dans la neige.	je pouv**ais**
Tu peu**x** faire deux pirouettes dans la neige.	tu pouv**ais**
Il, elle, on peu**t** faire trois pirouettes dans la neige.	il, elle, on pouv**ait**
Nous pouv**ons** faire une première pirouette dans la neige.	nous pouv**ions**
Vous pouv**ez** faire une deuxième pirouette dans la neige.	vous pouv**iez**
Ils, elles peuv**ent** faire une troisième pirouette dans la neige.	ils, elles pouv**aient**

Mode indicatif	Mode conditionnel	Mode infinitif
Futur simple	**Présent**	**Présent**
je pour**rai**	je pour**rais**	pouvoir
tu pour**ras**	tu pour**rais**	
il, elle, on pour**ra**	il, elle, on pour**rait**	
nous pour**rons**	nous pour**rions**	
vous pour**rez**	vous pour**riez**	
ils, elles pour**ront**	ils, elles pour**raient**	

Voici quelques suggestions de lecture. À travers ces livres, explore l'univers magique des mots.

LE TOUZE, Guillaume. Ill. de Véronique DEISS, *Ma maîtresse s'appelle Rosemonde*, Paris, Éd. L'école des loisirs, coll. Mouche, 1993, 93 p.

SARFATI, Sonia. Ill. de Pierre DURAND, *Crayons, chaussons et grands espions*, Montréal, La courte échelle, coll. Premier Roman, 1994, 64 p.

TREMBLAY, Carole. Ill. de Dominique JOLIN, *En panne dans la tempête*, Montréal, Boréal, coll. Boréal Junior, 1993, 127 p.

LE TOUR EST JOUÉ!

 Tu visites le centre récréatif de ton milieu.
Au babillard, une liste des activités proposées durant l'année est affichée...

En lecture

Liste des jeux et des activités

- Randonnée pédestre
- Dégustation de hambourgeois sur charbon de bois
- Luge
- Tournoi d'échecs
- Hockey
- Épluchette de blé d'Inde

- Patinage libre
- Randonnée en ski de fond
- Observation des oiseaux
- Dégustation de chocolat chaud au coin du feu
- Soirée cinéma
- Natation

- Étude des pistes d'animaux dans les sous-bois
- Randonnée en traîneau à chiens
- Journée à la cabane à sucre

Regroupe les activités dans l'une ou l'autre des catégories suivantes.

1. Activités sportives.
2. Activités culturelles.
3. Activités gastronomiques.

En écriture

Compose un texte d'une quinzaine de lignes en utilisant le plus possible de mots de la liste. Ton texte doit avoir du sens, et même être drôle.

Du chocolat pour toi, pour moi

Du chocolat pour toi, pour moi

PRÉSENTATION DU THÈME

Le chocolat plaît presque à tout le monde. Cette friandise se présente sous plusieurs formes : tablettes, gâteaux, biscuits, bonbons, crème glacée, petits pains, lait, mousse, et bien d'autres encore.

Toi, aimes-tu le chocolat? Quand en manges-tu? Partages-tu le chocolat que tu as reçu? Qu'est-ce que tes parents pensent des bonbons et du chocolat?

Naissance d'une tablette de chocolat

En croquant dans une tablette de chocolat, tu t'es peut-être posé les questions suivantes : «D'où vient le chocolat? Comment le fabrique-t-on?» Connais-tu les réponses à ces questions?

Lis d'abord le titre du texte qui suit.

★

1. De quoi parlera-t-on dans ce texte?
2. D'après toi, comment fabrique-t-on une tablette de chocolat?
3. Partage tes idées avec les membres de ton équipe.

Lis le texte pour t'aider à trouver des réponses à ces questions.

Naissance d'une tablette de chocolat

Devinette : Qu'est-ce qui pousse dans les arbres, a la forme d'un melon et est rempli de fèves?

Réponse : des cabosses de cacao, utilisées pour fabriquer la friandise la plus célèbre dans le monde — le chocolat.

Tu trouves les cabosses jaunes, rouges ou vertes sur les branches ou le tronc des cacaoyers, dans les pays chauds tels que le Brésil et la Côte d'Ivoire, en Afrique. Après les avoir cueillies, tu fends les cabosses à l'aide d'une machette ou d'un couteau bien affûté.

À l'intérieur, tu ne trouves pas du chocolat, mais environ 30 fèves blanches.

Tu empiles les fèves sur le sol, tu les recouvres de feuilles de bananier et tu laisses le tout fermenter pendant plusieurs jours, jusqu'à ce que les fèves deviennent d'un rouge brunâtre. Ensuite, tu les étends au soleil et tu les fais sécher.

Les sacs de fèves séchées sont envoyés dans les usines de chocolat. Après le nettoyage et le rôtissage, les écales deviennent friables et les fèves dégagent alors une odeur de chocolat. Ensuite, les fèves sont placées dans une machine qui retire les écales et écrase les fèves. Une autre machine moud les fragments en fine pâte, appelée liqueur de chocolat.

Si tu laisses cette liqueur de chocolat durcir, tu obtiens du chocolat à cuire. Cependant, il y a deux autres choses que tu peux faire avec de la liqueur de chocolat — la transformer en chocolat à croquer, ou la séparer en deux ingrédients, le cacao et le beurre de cacao.

Lorsque tu mélanges la liqueur de chocolat avec du beurre de cacao et du sucre, tu obtiens du chocolat foncé à croquer. Si tu ajoutes du lait à la liqueur de chocolat, de même que du beurre de cacao et du sucre, tu obtiens du chocolat au lait. Si tu n'utilises pas du tout de liqueur de chocolat, mais seulement du beurre de cacao ainsi que du lait et du sucre, tu obtiens du «chocolat blanc», qui n'est pas vraiment du chocolat puisqu'il ne contient pas de liqueur de chocolat.

Bien que tout cela puisse sembler simple, la quantité réelle de chacun des ingrédients est un secret bien gardé dans toutes les usines de chocolat. Aucune compagnie ne veut révéler sa propre recette de chocolat.

Centre des sciences de l'Ontario. «Naissance d'une tablette de chocolat», extrait du livre *Expériences alimentaires* (traduit de l'anglais par Duguay Prieur enr.), Héritage jeunesse, Saint-Lambert, 1987, p. 82.

1. As-tu deviné de quelle façon on fabrique le chocolat?
   - Si oui, comment as-tu fait pour le savoir?
   - Si tu n'as pas deviné, comprends-tu un peu mieux la fabrication d'une tablette de chocolat?

2. Complète ta compréhension de la fabrication d'une tablette de chocolat et discute de la fabrication du chocolat avec ton enseignante ou ton enseignant et tes camarades.

Lis les phrases suivantes.

a) Tu trouves <u>les cabosses jaunes</u> sur les branches des cacaoyers.

b) Le chocolat est <u>la plus célèbre friandise</u> du monde.

c) Aucune compagnie ne veut révéler <u>sa propre recette</u> de chocolat.

d) Certaines personnes aiment manger <u>de très gros morceaux</u> de chocolat.

Observe attentivement les mots soulignés.
Que remarques-tu?

Je dois savoir que...

- Dans une phrase, l'adjectif accompagne le nom.
  Exemple : les cabosses **jaunes**.
- L'adjectif peut également être accompagné d'un adverbe.
  Exemple : la **plus célèbre** friandise.

 Dans le texte *Naissance d'une tablette de chocolat*, trouve deux phrases qui contiennent un adjectif. Écris-les. Transforme ensuite ces phrases en leur ajoutant un adverbe.

 Lis la fiche et complète les phrases qui expliquent les trois principales étapes de fabrication d'une tablette de chocolat à l'aide de ton transparent. Consulte le texte si tu en as besoin.

a) Cueillette et traitement des fèves.

L'arbre qui produit des cabosses s'appelle ✐.

Les cabosses contiennent ✐.

Il faut empiler les fèves et les recouvrir de ✐.

Lorsqu'elles ont assez fermenté, les fèves deviennent ✐.

On étend ensuite les fèves ✐ et on les laisse ✐.

b) Fabrication de la liqueur de chocolat

Il faut envoyer les fèves séchées ✐.

On s'occupera de les ✐ et de les ✐.

On place les fèves dans une machine qui ✐.

Une autre machine moud les fragments de fèves en ✐.

c) Transformation de la liqueur de chocolat.

Si on mélange la liqueur de chocolat avec du beurre de cacao et du sucre, on obtient du ✐.

Si on ajoute du lait, du beurre de cacao et du sucre à la liqueur de chocolat, on obtient du ✐.

Si on mélange le beurre de cacao, le lait et le sucre, sans liqueur de chocolat, on obtient du ✐.

Relis le dernier paragraphe du texte avant de répondre aux questions suivantes.

★★★ ────────────────────

1. Discute du sens de ce paragraphe avec les membres de ton équipe.

2. Est-ce que toi ou quelqu'un de ton équipe avez déjà rencontré une personne qui refusait de dévoiler une de ses recettes? Si oui, pour quelles raisons cette personne voulait-elle garder son secret?

3. Toi, as-tu déjà caché quelque chose de semblable? En quelles circonstances? Pour quelles raisons?

Résume en cinq ou six phrases les étapes de fabrication d'une tablette de chocolat pour partager tes nouvelles connaissances avec ta famille ou quelqu'un qui t'est proche.

Planifie ton texte.

★

1. Relève les étapes décrites dans le texte.
2. Écris-les dans l'ordre.
3. Pense à une courte introduction et à une conclusion.

Pour m'aider, je pense à...

- L'introduction présente le texte; elle nous prépare à ce que nous allons lire.
- La conclusion termine le texte.

Rédige ton brouillon.

★★

1. Écris ton brouillon.
2. Lis-le à une ou à un élève pour vérifier si tu résumes correctement les étapes de la fabrication du chocolat.

Révise ton texte.

★★★

1. Ordonne les étapes.
2. Soigne ton introduction et ta conclusion.
3. Relis ton texte. Assure-toi qu'il n'y a pas d'erreurs.

Pour m'aider, je pense à...

Pour m'aider à réviser un texte, je peux consulter la page 18.

Transcris ton texte au propre et relis-le attentivement. Apporte-le à la maison et partage tes nouvelles connaissances avec ta famille ou quelqu'un qui t'est proche.

Charlie et la chocolaterie

T'est-il déjà arrivé de passer devant la vitrine d'un magasin et d'avoir une envie folle d'y entrer pour t'acheter des gourmandises?
As-tu résisté à la tentation ou t'es-tu fait plaisir? Lorsqu'on a envie d'une gâterie, on ne peut pas toujours se la procurer immédiatement. Il faut parfois attendre très longtemps avant de satisfaire son désir.

★ _____

1. Lis le titre du texte qui suit. Qu'est-ce qu'il te suggère?
2. Sais-tu ce que c'est une chocolaterie?
3. As-tu déjà visité une chocolaterie?
4. D'après toi, qu'est-ce que Charlie va vivre?

Lis le texte et tu découvriras ce qui arrive à Charlie.

Charlie et la chocolaterie

En allant à l'école, le matin, Charlie pouvait voir les grandes tablettes de chocolat empilées dans les vitrines. Alors il s'arrêtait, les yeux écarquillés, le nez collé à la vitre, la bouche pleine de salive. Plusieurs fois par jour, il pouvait voir les autres enfants tirer de leurs poches des bâtons de chocolat pour les croquer goulûment. Ce qui, naturellement, était pour lui une véritable torture.

Une fois par an seulement, le jour de son anniversaire, Charlie Bucket se voyait offrir un petit bâton de chocolat, pour lui tout seul.

Et à chaque fois, en ce merveilleux matin d'anniversaire, il plaçait le bâton avec soin dans une petite caisse de bois pour le conserver précieusement comme une barre d'or massif; puis, pendant quelques jours, il se contentait de la regarder sans même oser y toucher.

Puis, enfin, quand il n'en pouvait plus, il retirait un tout petit bout de papier, du coin, découvrant un tout petit bout de chocolat, puis il prenait ce petit bout, juste de quoi grignoter, pour le laisser fondre doucement sur sa langue. Le lendemain, il croquait un autre petit bout, et ainsi de suite, et ainsi de suite. C'est ainsi que Charlie faisait durer plus d'un mois le précieux cadeau d'anniversaire...

Roald Dahl. *Charlie et la chocolaterie* (traduction Elizabeth Gaspar), Paris, Gallimard, 1967.

★★ ─────────────────────────────

1. Dans le texte, souligne les mots qui parlent de chocolat.

2. Encercle les mots qui décrivent les sentiments de Charlie.

3. Crois-tu cette histoire possible dans le monde d'aujourd'hui?

4. Partage tes idées avec tes camarades.

─────────────────────────────

Lis les mots qui suivent.

a) un mois
b) un prix
c) le nez
d) le chandail gris
e) ce merveilleux matin

Mets ces mots au pluriel.

Souligne la finale des noms et des adjectifs. Que remarques-tu?

Je dois savoir que...

- En général, on obtient le pluriel des noms et des adjectifs en ajoutant un **s** à la forme du singulier.

  Exemples : **Les** tablette**s** de chocolat, **les** petit**s** enfant**s**.

- Les noms et les adjectifs qui se terminent au singulier par **s**, **x** ou **z** restent ainsi au pluriel.

  Exemples : **les** prix, **les** nez, **les** chandails gris,

  ces merveilleux matins.

Transcris les mots qui suivent en les mettant au pluriel.

a) un vieux monsieur

b) un raz de marée

c) une souris

d) un joyeux anniversaire

e) un gros ours

f) un crayon gras

Relis le texte *Charlie et la chocolaterie* pour t'aider à répondre aux questions suivantes.

★★★

1. Écris deux mots de la même famille que *chocolat*, que *offrir*.

2. Y a-t-il des mots nouveaux dans le texte? Lesquels?

- Essaie de comprendre le sens de ces mots en relisant les phrases où ils apparaissent.

- Cherche leur signification dans le dictionnaire.

Pour raconter ce que vit Charlie, l'auteur a suivi quatre étapes.

a) Une situation de départ.

b) Un événement perturbateur.

c) Des péripéties.

d) Un dénouement.

Pour m'aider, je pense à...

- La situation de départ permet de savoir qui sont les personnages et où se passe l'action.
- L'événement perturbateur modifie la situation de départ et déclenche le déroulement du récit.
- Les péripéties sont les événements qui se produisent par la suite, avec les actions et les réactions des personnages.
- Le dénouement, c'est la fin de l'histoire, avec les conséquences des actions des personnages.

Parmi les passages ci-dessous, repère le passage qui correspond à chacune des quatre étapes. Écris le chiffre approprié devant chaque passage.

✍ Charlie place le bâton dans une petite caisse de bois pour le conserver précieusement. Pendant plusieurs jours, il se contente de le regarder. Puis il en prend un tout petit bout pour le grignoter. Et chaque jour, il en croque un autre petit bout.

✍ Son précieux cadeau a duré ainsi plus d'un mois.

✍ Charlie souffre parce qu'il a envie de chocolat, mais il ne peut en acheter.

✍ À son anniversaire, Charlie se fait offrir un petit bâton de chocolat.

Comme Charlie, tu as probablement déjà eu envie de quelque chose que tu désirais beaucoup. As-tu pu te l'offrir? De quelle façon as-tu réagi?

Dans un court texte, raconte à tes camarades une aventure que tu as vécue, semblable à celle de Charlie.

Planifie ton texte.

⭐
1. Précise ce qui te faisait envie.
2. Rappelle-toi les sentiments que tu as éprouvés.
3. Relis le texte *Charlie et la chocolaterie*.
4. Trouve ce qui est semblable dans l'histoire de Charlie et dans la tienne. Écris-le.

Rédige ton brouillon.

⭐⭐
1. Écris ton brouillon. Souviens-toi que tu dois faire des liens entre les phrases en utilisant des mots de relation.
2. Organise ton texte en deux ou trois paragraphes.
3. Lis ton texte à une camarade ou à un camarade pour vérifier si tu exprimes bien comment tu désirais très fort quelque chose.

Révise ton texte.

⭐⭐⭐
1. Améliore tes phrases. Évite les répétitions en employant des pronoms.
2. Si tu doutes de l'orthographe d'un mot, vérifie dans le dictionnaire.
3. Assure-toi qu'il n'y a pas d'anglicismes dans ton texte.
4. Relis ton texte et assure-toi qu'il est sans erreurs.

Pour m'aider, je pense à...

Un anglicisme est un mot emprunté à l'anglais et qu'on ne doit pas employer en français.
Exemples : mon *bike* au lieu de ma *bicyclette*;
mon *skateboard* au lieu de ma *planche à roulettes*.

La coccinelle prend un bain

Tu sais ce qu'est une coccinelle : un petit insecte orange décoré de taches noires. D'habitude, on trouve des coccinelles à l'extérieur, en été. Ces petites bêtes aiment virevolter autour des fleurs, des arbres. Enfin, en temps normal...

Lis le texte qui suit. Tu découvriras que parfois les coccinelles peuvent vivre des aventures extraordinaires. Mais d'abord...

1. Lis le titre du texte.
2. D'après toi, qu'est-ce qui va arriver à cette coccinelle?
3. Fais quelques hypothèses et écris-les.

Lis maintenant le texte pour t'aider à vérifier tes hypothèses.

La coccinelle prend un bain

En ce temps-là il y avait
quatre saisons.
La première...
la deuxième...
la troisième...
et la saison d'été.

Pendant tout
le temps que durait
la saison d'été, le ciel
était bleu, la mer était
bleue, et le petit déjeuner
était au cacao.

— Le petit déjeuner, c'était du cacao?
— Oui, du cacao... Sans en avoir l'air...
servi dans un bol.
— Pourquoi sans en avoir l'air?
— Parce que ce cacao-là... c'était
du chocolat au lait!

Au-dessus de ce bol
de chocolat-là virevoltait
une coccinelle.
La coccinelle voulut profiter
de ce déjeuner. Elle,
la coccinelle, avait de drôles
de manières. Peut-être parce
qu'elle avait un point à
l'endroit et un point à l'envers
qu'elle faisait tout de travers.
Sans en avoir l'air...
Bref, sans en avoir l'air,
en voulant boire le cacao
elle tomba bien bas!
Oui. Elle tomba si bas qu'elle
se retrouva... plouf! dans le chocolat!
Plouf... et ouf!
— Plouf... et ouf?
— Oui, parce que si elle est
tombée, elle fut au même
instant repêchée.
— C'est vrai?
— C'est vrai puisque moi
qui te raconte l'histoire,
j'étais là.
— Tu étais là?
— J'étais là, sans en avoir l'air,
c'est moi qui l'ai repêchée,
et mise au sec juste à côté.

La coccinelle essaya de se sécher
ensuite, elle, la coccinelle, essaya de
s'envoler mais sans succès.
Elle restait mouillée chocolatée
elle restait gonflée, trop
alourdie pour s'envoler.
— Qu'est-ce que tu as fait?
— Moi?... je n'ai rien fait.
La coccinelle, sans en avoir
l'air, se mit au soleil dans
un courant d'air, mais pas
moyen de mieux sécher.
— Qu'est-ce que tu as fait?
— Moi?... je n'ai rien fait.
La coccinelle décollait
mais retombait,
la coccinelle s'élevait
mais retombait
toujours,
bien que, sans en avoir l'air,
elle restait complètement
mouillée.
Alors ce qui devait être fait fut fait.
— Qu'est-ce que tu as fait?
— Moi?... je n'ai rien fait.
C'est ma mère qui a tout fait.
— Qu'est-ce qu'elle a fait?
— Cherche... c'est une devinette...
— Une devinette? Une chevillette... Une bobinette...
— Écoute ce qui s'est passé. Elle lui a dit et lui a fait :
Coccinelle petite planète
je te poudre d'escampette
coccinelle touche à tout
envole-toi un point c'est tout!
C'est vrai. La coccinelle poudrée, séchée, tout aussitôt s'est envolée.
La coccinelle virevolta!... et s'éclipsa!
Pfuit!... partie!... envolée.

Elle ne revint que bien plus tard,
à la fin de cette quatrième
saison qui était la saison d'été.
En ce temps-là après l'été,
l'été succédait à l'été.
La première...
la deuxième...
et la troisième saison
étaient aussi saisons d'été.

Yves Pinguilly et Florence Koenig, «La coccinelle prend un bain»,
extrait du livre *3 coccinelles un point c'est tout*, Paris, Hachette jeunesse, 1991.

1. Encercle les mots du texte qui riment avec *coccinelle, manière, bas, plouf* et *mouillée*.

2. Trouve deux passages dans lesquels les mots riment. Souligne les rimes.

3. Cherche l'expression qui revient le plus souvent. Combien de fois revient-elle?

4. Compare l'introduction et la conclusion. Que remarques-tu?

5. Repère les phrases interrogatives. Pour chaque phrase interrogative, indique par *N* si c'est le narrateur ou la narratrice et par *I* si c'est l'interlocuteur ou l'interlocutrice qui la prononce.

1. Avec d'autres élèves, discute de ce qui est arrivé à la coccinelle.

2. Ensemble, essayez de reconstituer l'aventure de la coccinelle.

3. Les auteurs de ce texte s'amusent avec les mots. Quel effet cela produit-il?

Enregistre le texte sur bande sonore avec les membres de ton équipe.

Préparez l'enregistrement.

1. Avant d'enregistrer le texte, répartissez-vous les rôles.
   - Qui sera le narrateur ou la narratrice?
   - Qui sera l'interlocuteur ou l'interlocutrice?
   - Qui sera la mère du narrateur ou de la narratrice?
   - Qui sera la coccinelle?
2. Relisez le texte et indiquez par *N* ou par *I* tous les autres endroits où interviennent le narrateur ou la narratrice et l'interlocuteur ou l'interlocutrice.
3. La mère du narrateur n'intervient qu'une seule fois. Indiquez à quel endroit par un *M*.
4. La personne qui joue le rôle de la coccinelle peut mimer les gestes que le texte lui inspire. Repérez ces gestes et encerclez-les.
5. S'il y a une cinquième personne dans l'équipe, elle peut faire des bruits à certains moments : le bruit de la coccinelle qui virevolte, le plouf lorsqu'elle tombe, etc.

Pratiquez vos rôles une première fois avant d'enregistrer l'histoire.

★★

1. À partir du travail que vous avez fait en équipe pour préciser les rôles, pratiquez une première fois.
2. Faites vos commentaires. Améliorez votre texte avant de l'enregistrer, s'il y a lieu.

Le moment venu, enregistrez le texte.

★★★

1. Enregistrez le texte tout en le jouant.
2. Écoutez-vous et faites vos commentaires.
3. Si c'est nécessaire, reprenez l'enregistrement.

 À ton tour de mettre en pratique ce que tu as appris tout au long du thème.

1. Transforme les phrases suivantes en donnant un adverbe à chaque adjectif. Écris les nouvelles phrases.

a) Magalie aime les grosses pommes rouges.

b) C'est un chien docile.

c) Quand on mange trop de chocolat, on peut se sentir malade.

d) Yoang est une fille dynamique.

e) Je n'ai pas envie de porter ces vieilles chaussures.

2. Relis les textes du thème _Du chocolat pour moi, pour toi._ Choisis trois phrases qui contiennent un adjectif et écris-les. Transforme ensuite ces phrases en donnant un adverbe à chaque adjectif.

3. Transcris les phrases qui suivent. Mets au pluriel les noms et les adjectifs entre parenthèses.

a) Il y a des (trou) dans mon chandail.

b) J'aime les (nez) retroussés.

c) Noémie porte de (belle chaussure neuve).

d) Les chats adorent les (petite souris).

e) J'ai mal aux (pied).

f) C'est demain que notre enseignante remettra les (prix).

4. Mets les parties de phrases suivantes au pluriel.

a) un chat gris

d) dans le bois

b) un heureux moment

e) un raz-de-marée

c) un gros orteil

f) une croix en or

5. Transcris les phrases et remplace les anglicismes par un mot français.

a) En allant au centre commercial, j'ai accroché le *bumper* d'une autre voiture.

b) Ma mère s'est acheté un nouveau *computer*.

c) L'été, les jeunes aiment se promener en *skateboard*.

d) Patricia déguste un *sundae* au chocolat.

Lis les pages suivantes. Tu trouveras toutes sortes de ressources qui t'aideront à comprendre et à composer de beaux textes.

Autour de la même idée

chocolat   gâterie   friandise   sucrerie

De la même famille

chocolat	entreprendre	preneur	sucre
chocolaté	entrepreneur	preneuse	sucré
chocolatée	entrepreneuse	prise	sucrée
chocolaterie	entreprise	reprendre	sucrer
chocolatier	imprenable	reprise	sucrerie
chocolatière	se méprendre	surprenant	sucrier
	prendre	surprenante	
		surprendre	
		surpris	
		surprise	

Un verbe, un nom

cuire	⇨	cuisson	obtenir	⇨	obtention
fermenter	⇨	fermentation	partager	⇨	partage

Des synonymes

cadeau	⇨	présent	mélanger	⇨	mêler
former	⇨	modeler	offrir	⇨	donner

Des antonymes

s'élever   ⇨   s'abaisser

mélanger   ⇨   séparer

refroidir   ⇨   réchauffer

tomber   ⇨   se relever

Un verbe conjugué : savoir

Mode indicatif

Présent	Imparfait
Je sai**s** ce que veut dire le mot *cabosse*.	je sav**ais**
Tu sai**s** ce que veut dire le mot *machette*.	tu sav**ais**
Il, elle, on sai**t** ce que veut dire le mot *friable*.	il, elle, on sav**ait**
Nous sav**ons** ce que veut dire le mot *goulûment*.	nous sav**ions**
Vous sav**ez** ce que veut dire le mot *chevillette*.	vous sav**iez**
Ils, elles sav**ent** ce que veulent dire les mots *poudre d'escampette*.	ils, elles sav**aient**

Mode indicatif	Mode conditionnel	Mode infinitif
Futur simple	Présent	Présent
je sau**rai**	je sau**rais**	savoir
tu sau**ras**	tu sau**rais**	
il, elle, on sau**ra**	il, elle, on sau**rait**	
nous sau**rons**	nous sau**rions**	
vous sau**rez**	vous sau**riez**	
ils, elles sau**ront**	ils, elles sau**raient**	

Voici quelques suggestions de lecture. À travers ces livres, explore l'univers magique des mots.

ALESSANDRINI, Jean. Ill. de Jean-Louis BESSON, *Mystère et chocolat*, Paris, Éd. Bayard poche, coll. J'aime lire, 1990, 45 p.

DÉCARY, Marie. Ill. de Claude CLOUTIER, *Amour, réglisse et chocolat*, Montréal, La courte échelle, coll. Roman Jeunesse, 1985, 94 p.

MORGENSTERN, Susie. Ill. de Joëlle BOUCHER, *La grosse princesse*, Tournai, Éd. Casterman, coll. Pagivores, 1992, 42 p.

LE TOUR EST JOUÉ!

 Dans ce thème, tu as appris beaucoup de choses sur le chocolat et tu sais d'où il vient.

Que dirais-tu maintenant de mener ta petite enquête sur les marques de tablettes de chocolat les plus populaires?

En lecture

1. Va au dépanneur ou dans un marché d'alimentation.
2. Relève le nom de toutes les marques de tablettes de chocolat qui s'y trouvent.

En écriture

1. Demande à une ou à un commis quelles sont les marques les plus vendues. Écris le nom de ces marques.
2. Demande à cette même personne pourquoi, d'après elle, ces marques sont les plus populaires. Écris les raisons qu'elle te donne.
3. Présente le résultat de ton enquête dans un tableau.
4. Quelles marques de chocolat recommanderais-tu à tes camarades de classe? Pourquoi?

Je sens et je ressens

Je sens et je ressens

PRÉSENTATION DU THÈME

Il y a tout un monde autour de toi. Pense à tout ce que
tu peux nommer, à ce que tu vois, à ce que tu entends,
à ce que tu touches. Tu connais tant de choses!

Mais il existe un autre monde, différent de celui qui t'entoure.
Le monde qui est en toi. Ferme les yeux, respire profondément.
Comment te sens-tu aujourd'hui? Es-tu en forme?
Te sens-tu triste? As-tu envie de courir et de sauter partout?

Il y a en toi tout un monde de sentiments et d'émotions.
Ce monde-là, tu ne peux pas le voir avec tes yeux.
Mais ce monde intérieur fait partie de ton univers personnel.
Prête bien attention à ce qui se passe en toi, à ce que tu ressens.
Écoute ton cœur, laisse-le parler. Tu découvriras le merveilleux
monde des émotions et des sensations.

On était heureux... avant!

Aline vit des émotions, elle éprouve de la peine. Elle a trouvé une façon bien à elle d'exprimer sa peine.

Lis le texte qui suit pour découvrir ce qu'Aline vit. Mais d'abord...

★ ─────────────────────────────

1. Lis le titre du texte.
2. D'après toi, qu'est-ce qui est arrivé à Aline pour qu'elle soit si triste? Essaie d'imaginer l'histoire d'Aline.
3. Partage tes idées avec une camarade ou un camarade.
4. Lis maintenant le texte en entier.

On était heureux... avant!

Aline veut être pilote. Elle sait que, quand on a la responsabilité d'un avion, bien communiquer avec les membres de l'équipage, la tour de contrôle et le personnel au sol, c'est très important. Alors, elle s'exerce avec le magnétophone que sa grand-mère lui a offert. Parfois, elle ajoute à ses jeux tout ce qu'elle a sur le cœur.

Aujourd'hui, elle réécoute une cassette et elle est bien étonnée... Est-ce bien elle qui avait toute cette peine?

«Allô! Allô! Vous m'entendez? (long silence)

Je n'ai pas envie de jouer. (soupir)

Cette nuit, j'ai fait un mauvais rêve. J'étais dans une navette spatiale
et tout allait bien. Tout à coup, on a entendu un grand bruit et
il y a eu une secousse très violente. Un moteur ne fonctionnait plus
et il y avait de la fumée partout.

Un peu plus tard, je volais au milieu des étoiles, tous les passagers
de la navette autour de moi.

C'était beau et tout le monde m'acclamait en criant : "Bravo Aline!
Grâce à ton courage et à ton intelligence, nous sommes vivants!"
En bas, sur la Terre, je voyais...
J'ai fait un atterrissage sur mon lit, réveillée par des cris perçants,
mais je crois bien qu'auparavant, j'avais vu dans mon rêve maman
et papa faire de grands gestes en direction du ciel.
Pourquoi est-ce qu'il nous réveille toutes les nuits, lui?
Tout ce qu'il sait faire c'est pleurer, crier le jour et la nuit, manger et
salir ses couches.
On était heureux, avant. Maintenant, je ne sais même plus à qui
raconter mes rêves».

★★ ──────────────────────────

1. Souligne les mots du texte qui disent ce qu'Aline veut faire plus tard.

2. Encercle les expressions qui te font connaître les sentiments d'Aline.

3. Encadre le passage qui explique pourquoi Aline n'est plus heureuse maintenant.

★★★ ──────────────────────────

1. As-tu deviné ce qui rend Aline si triste?

2. Comment as-tu fait pour répondre à la question précédente?

3. Dans le texte, qu'est-ce qui ressemble à ce que tu as d'abord imaginé?

4. Qu'est-ce qui est différent?

──────────────────────────

Lis les phrases suivantes.
a) Cette nuit, je n'ai pas **bien** dormi.
   Cette nuit, je n'ai pas **très bien** dormi.
b) Il y a eu une secousse **très** violente.
   Il y a eu une secousse **vraiment très** violente.

Observe les mots en caractères gras.
Que remarques-tu?

J e dois savoir que...

Un adverbe peut être accompagné ou non d'un autre adverbe.
Exemples : Ma sœur est **bien** gentille. (Adverbe seul.)

Ma sœur est **souvent bien** gentille. (Adverbe accompagné d'un autre adverbe.)

Transcris les phrases suivantes en accompagnant chaque adverbe d'un autre adverbe.

a) C'était trop beau pour être vrai.
b) Aline sait que c'est bien important de communiquer avec les membres de l'équipage.
c) Aline se fait réveiller par des cris très perçants.
d) On entend souvent un grand bruit.

Relis le texte, puis réponds aux questions de la feuille que ton enseignante ou ton enseignant te remettra.

Écris un texte pour raconter à une ou à un camarade une peine que tu as déjà vécue.
Planifie ton texte.

---

1. Pense à des situations où tu as eu de la peine.
2. Choisis une situation que tu acceptes de partager avec d'autres.
3. Choisis la personne à qui tu aimerais faire lire ton texte.

Rédige ton brouillon.

★★

1. Écris le brouillon de ton texte.
2. Précise la situation qui t'a causé de la peine.
3. Raconte les sentiments que tu as vécus.
4. Relis ton texte pour vérifier si tu as bien raconté la peine que tu as vécue.

Révise ton texte.

★★★

1. Vérifie dans un dictionnaire les mots dont tu doutes de l'orthographe.
2. Rappelle-toi que tu peux déplacer certains mots ou certaines expressions pour améliorer tes phrases.
3. Mets ton texte au propre, puis relis-le attentivement. Fais attention aux fautes.

Pour m'aider, je pense à...

Pour m'aider à réviser mon texte, je peux consulter la page 18.

Fais lire ton texte à la personne de ton choix.

★★★★

1. S'il y a lieu, explique de vive voix à cette personne ce que tu n'as pas réussi à exprimer par écrit.
2. Discute de ce que tu aurais pu faire pour mieux vivre cette situation qui t'a causé de la peine.
3. À ton tour, écoute une camarade ou un camarade s'exprimer.

Accueille généreusement la personne qui te parle.
Évite de porter un jugement sur ce qu'elle te raconte.
Évite aussi les commentaires désagréables.

Fais cette expérience

Tu ne t'en rends peut-être pas toujours compte... mais très souvent tu te retrouves dans des situations qui te permettent de sentir ou de ressentir quelque chose. Pense à ce qui se passe lorsque tu touches un objet très chaud, lorsque tu te brûles la langue en mangeant, lorsqu'un bruit te fait sursauter. Voici l'occasion d'explorer ce que tu sens et ce que tu ressens.

★ ───────────────────────────

1. Lis d'abord le titre du texte qui suit. Observe les illustrations.
2. Nomme les objets que tu vois. D'après toi, que fera-t-on avec ces objets?
3. Discutes-en avec les membres de ton équipe.

Lisez maintenant le texte pour vérifier vos impressions.

Fais cette expérience

Une langue qui a du goût

Place un petit peu de sucre sur différentes parties de ta langue. Quand exactement le goûtes-tu? Répète la même expérience avec du jus de citron, du sel, du *Schweppes*. Essaie également avec des aliments qui ont d'autres goûts.

Répète l'expérience après avoir sucé un cube de glace pendant environ une minute. Y a-t-il une différence?

Un nez qui s'y connaît

Prépare un plateau de petites bouchées, composées de toutes sortes d'aliments, depuis les carottes et les radis jusqu'au saucisson de Bologne et au chocolat. Ensuite, toi et tes amis goûtez-y, à tour de rôle, en vous bandant les yeux et en vous pinçant le nez, de façon que vous ne puissiez ni voir ni sentir ce que vous mangez. Essayez d'identifier les aliments que vous goûtez. Qui d'entre vous a

le goût le plus développé?
Quels sont les aliments
les plus faciles à identifier,
même lorsque tu as le nez
bouché?

Répète l'expérience en faisant
quelques petits changements. Garde le bandeau sur tes yeux, mais ne
te pince pas le nez. À la place, mets un petit peu d'extrait de vanille,
de beurre d'arachide ou de cannelle sur ta lèvre supérieure.
Est-ce que tu remarques quelque chose de différent?

Centre des sciences de l'Ontario.«Fais cette expérience», extrait du livre
Expériences alimentaires (traduit de l'anglais par Duguay Prieur enr.),
Héritage jeunesse, 1987.

 ★★

1. Dans chaque partie du texte, repère les verbes qui te disent quoi
faire. Encercle-les.
2. Encadre le nom des objets dont tu aurais besoin pour faire
cette expérience.
3. Souligne les questions posées dans chaque partie du texte.

Lis les phrases suivantes.
a) Répète la même expérience avec du jus de **citron** et du sel.
   Répète la même expérience avec du jus de **citron** et du sel.
b) Demande à ta **grand-mère** si elle veut faire cette expérience avec toi.
   Demande à ta **grand-
   mère** si elle veut faire cette expérience avec toi.

Observe les mots en caractères gras.
Que remarques-tu?

J e dois savoir que...

Lorsque je dois couper un mot à la fin d'une ligne,
je ne peux pas couper n'importe où.
- Je peux couper le mot entre deux syllabes écrites.
  Exemples : ci/tron, ma/tin.
- Je peux couper un mot composé après le trait d'union.
  Exemples : grand-/mère, après-/midi.

Transcris la liste de mots ci-dessous. Indique par un trait vertical l'endroit ou les endroits où tu peux couper chaque mot.

partie	arc-en-ciel	tire-bouchon
environ	venez	bandeau
façon	bonjour	ourson

Rejoins les membres de ton équipe. Préparez-vous à faire vivre une expérience semblable à une autre équipe de la classe.

★★★

1. Choisissez quelques aliments que vous ferez goûter ou sentir à vos camarades.
2. Répartissez-vous les tâches : qui apportera quoi?
3. Préparez l'expérience d'identification. Notez les questions que vous voulez poser à vos camarades.

Faites vivre à une autre équipe l'expérience d'identification que vous avez préparée.

★★★★

1. Demandez à vos camarades de toucher ou de sentir les aliments que vous avez apportés.
2. Observez attentivement leurs réactions. Notez les réponses à vos questions.
3. À votre tour, vivez l'expérience d'identification qu'on a préparée pour vous. Comment réagissez-vous?
4. Discutez ensemble de vos réactions, partagez vos impressions. Êtes-vous habiles à goûter ou à sentir?
5. D'après vous, pourrait-on faire une expérience semblable dans un autre but que celui de développer le goût et l'odorat?

Prépare une expérience semblable que tu feras vivre à une camarade ou à un camarade. Attention! Cette fois-ci, il faudra faire toucher des objets ou faire entendre des sons.

Camille est opérée

De temps en temps, il t'arrive de ne pas pouvoir faire les mêmes activités que les autres parce que tu ne te sens pas très bien. Aujourd'hui, c'est Camille qui ne va pas bien. Elle doit aller à l'hôpital pour se faire opérer à l'oreille.

Toi, as-tu déjà été à l'hôpital pour te faire soigner?

S'il y a lieu, raconte aux membres de ton équipe comment s'est déroulé ton passage à l'hôpital.

★

1. Pense à ce qui s'est passé avant. Pour quelles raisons devais-tu aller à l'hôpital?
2. Essaie de te souvenir de la façon dont les infirmières, les infirmiers et les médecins ont agi avec toi.
   - Qu'est-ce qu'ils t'ont dit?
   - Qu'est-ce qu'ils t'ont fait?
   - Comment te sentais-tu?
3. Pense à la façon dont s'est déroulé ton retour à la maison.
   - Qui était là?
   - Qu'est-ce qu'on t'a dit?
   - Comment te sentais-tu?

★★

1. Rejoins les membres de ton équipe. Raconte-leur ton histoire.
2. Regarde-les lorsque tu leur parles. Fais des phrases claires et précises.
3. Utilise des mots qui disent bien ce que tu ressentais.
4. S'il y a lieu, écoute les questions que tes camarades posent et essaie de leur répondre.

1. À ton tour, écoute les histoires des membres de ton équipe.
2. Pose-leur des questions si tu ne comprends pas.
3. Ont-ils vécu des expériences semblables à la tienne?
   Explique ta réponse.
4. À leur place, aurais-tu éprouvé les mêmes sentiments?

Lis maintenant le texte *Camille est opérée*. Tu verras de quelle façon s'est déroulée l'hospitalisation de Camille. Mais avant...

★

1. Regarde les illustrations.
2. D'après toi, la visite de Camille à l'hôpital ressemble-t-elle à la tienne ou à celle d'un membre de ton équipe? Qu'est-ce qui est semblable et qu'est-ce qui est différent?

Camille est opérée

Toute la famille est en train de déjeuner. Toute la famille, sauf Camille. Camille ne mange pas, car aujourd'hui c'est le jour de son opération à l'oreille. Elle doit être à jeun. Elle ne doit même pas boire une goutte d'eau.

Après le déjeuner, ses parents l'emmènent à l'hôpital. Dans la voiture, Camille n'arrête pas de penser à ses céréales favorites. Mais bientôt elle arrive à l'hôpital et elle oublie sa faim.

Au service d'accueil, on attache à son poignet un bracelet qui porte son nom. Puis elle va avec ses parents au centre de prélèvements. On lui fait une prise de sang. Ensuite, on lui montre sa chambre. C'est la chambre numéro 4. Elle la partagera avec une autre fille. La fille a une jambe dans le plâtre.

Camille doit enlever tous ses vêtements et mettre la petite jaquette blanche qu'on lui donne. Une infirmière lui fait subir un examen. Elle la pèse, prend sa température, son pouls et sa tension.

Ensuite, ses parents l'accompagnent à la salle d'attente du bloc opératoire. Une infirmière vient la chercher et l'emmène dans la salle d'opération. Ses parents ne peuvent pas entrer. Ils la reverront plus tard dans sa chambre.

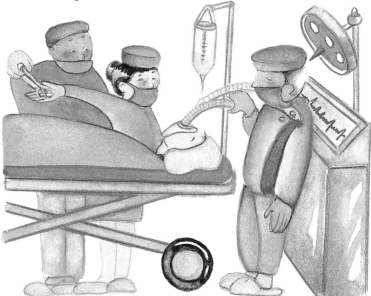

Dans la salle d'opération, Camille est couchée sur une table. Au plafond, il y a de grosses lampes. Toutes les personnes qui travaillent dans cette salle portent un uniforme vert, des couvre-chaussures, un bonnet rigolo, et un bandeau qui leur cache le nez et la bouche. Camille ne voit que leurs yeux. Heureusement, ils ont des yeux souriants. Ils font même des farces pour la mettre à l'aise.

C'est une chirurgienne, le docteur Duong, qui l'opérera. Mais d'abord, Camille doit être endormie par l'anesthésiste, le docteur Léger. Le docteur Léger pose un masque sur le visage de Camille.

Ce masque ressemble à ceux des astronautes. Deux tubes le relient à une machine. Camille respire un gaz spécial que la machine envoie dans les tubes et qui sert à l'endormir. Elle n'a même pas le temps de compter jusqu'à trois. Elle dort déjà.

Pendant l'opération, un capteur placé au bout du doigt de Camille est relié à un ordinateur. Ceci permet à l'équipe de surveiller, sur un écran, sa respiration et son pouls. Le petite fille ne sent rien du tout pendant l'opération.

Quand tout est terminé, on emmène Camille dans la salle de réveil. Une infirmière veille sur elle. Quand elle ouvre les yeux, ses idées sont embrouillées. Elle a chaud. Elle a envie de pleurer. Par un soluté suspendu à une tige, on lui injecte des médicaments dans une veine du bras. Camille n'est pas assez forte pour se lever. Elle doit faire pipi dans une bassine en restant couchée. C'est toute une acrobatie lorsqu'on n'est pas habitué!

Une fois que Camille est bien réveillée, on la transporte en civière jusqu'à sa chambre. Ses parents sont là. Elle est contente de les retrouver. On lui sert un repas dans son lit. Dans l'après-midi, le médecin vient la voir. Son oreille va mieux. Elle peut maintenant quitter l'hôpital. Ouf! Quelle aventure!

Texte inédit de Marielle Cyr.

★★

1. Encercle les expressions qui disent à quels endroits Camille se trouve.
2. Souligne les verbes qui précisent tout ce qu'on fait à Camille.
3. Encadre les mots qui font des liens entre les paragraphes.

Relis le texte *Camille est opérée* avant de réaliser l'activité qui suit.

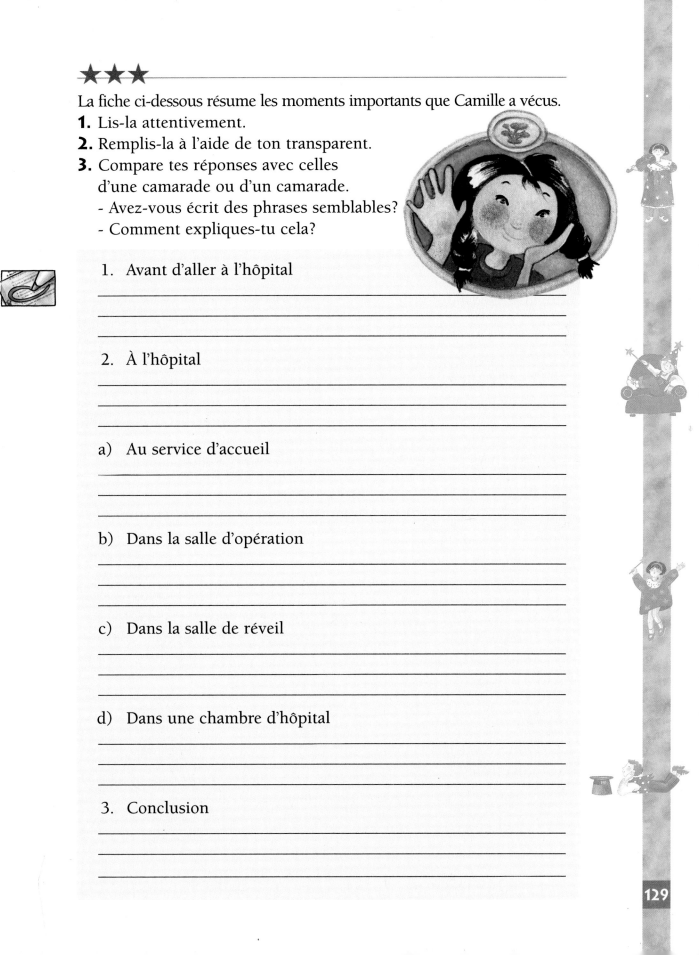

★ ★ ★

La fiche ci-dessous résume les moments importants que Camille a vécus.

1. Lis-la attentivement.

2. Remplis-la à l'aide de ton transparent.

3. Compare tes réponses avec celles
d'une camarade ou d'un camarade.
- Avez-vous écrit des phrases semblables?
- Comment expliques-tu cela?

1. Avant d'aller à l'hôpital

_____

_____

_____

2. À l'hôpital

_____

_____

_____

a) Au service d'accueil

_____

_____

_____

b) Dans la salle d'opération

_____

_____

_____

c) Dans la salle de réveil

_____

_____

_____

d) Dans une chambre d'hôpital

_____

_____

_____

3. Conclusion

_____

_____

_____

À ton tour de mettre en pratique ce que tu as appris tout au long du thème.

1. Transcris les phrases. Souligne les adverbes accompagnés d'un autre adverbe.

a) Je suis vraiment contente que tu viennes chez moi.

b) Mon chat noir a des griffes réellement trop pointues.

c) C'est un très vieux manteau de pluie.

d) Il a des grandes mains et des cheveux presque trop courts.

2. Transcris les phrases. Accompagne chaque adverbe d'un autre adverbe.

a) Sophia aime beaucoup les petits oiseaux qui gazouillent.

b) Est-ce très important pour toi de gagner cette compétition?

c) Ta mère est très charmante!

d) Voici un livre souvent demandé.

3. Transcris les mots de la liste ci-dessous. Indique par un trait vertical l'endroit où tu peux couper chaque mot.

pourtant   raz-de-marée   sous-sol

couvre-lit   soulier   piéton

salon   sapin   marteau

4. Certains des mots de la liste ci-dessous ont été mal coupés. Transcris-les et coupe-les au bon endroit.

a) cha/meau

b) hiv/er

c) après-/midi

d) sole/il

e) bis/cuit

f) porte/-monnaie

g) panta/lon

Lis les pages suivantes. Tu trouveras toutes sortes de ressources
qui t'aideront à comprendre et à composer de beaux textes.

Autour de la même idée

blessure	chagrin	entendre
chirurgie	déception	goûter
hospitalisation	peine	sentir
maladie	tristesse	toucher
opération		voir

De la même famille

émotif	malade	rêvasser	rêveur
émotion	maladie	rêvasserie	rêveuse
émotive	maladif	rêve	rêveusement
émouvant	maladive	rêverie	
émouvante	maladivement		
émouvoir			

Un verbe, un nom

étonner	⇨	étonnement	peiner	⇨	peine
identifier	⇨	identification	prélever	⇨	prélèvement
opérer	⇨	opération			

Un adjectif, un adverbe

courageuse, courageux	⇨	courageusement
différent, différente	⇨	différemment
heureuse, heureux	⇨	heureusement
violent, violente	⇨	violemment

Des synonymes

accompagner	⇨	escorter	étonnement ⇨	surprise
émotion	⇨	sentiment	montrer ⇨	désigner

Des antonymes

attacher	⇨	détacher
différent, différente	⇨	semblable
oublier	⇨	se souvenir
savoir	⇨	ignorer

Un verbe conjugué : dire

Mode indicatif

Présent	Imparfait
Je di**s** mon nom.	je dis**ais**
Tu di**s** quelle est ta nouvelle adresse.	tu dis**ais**
Il, elle, on di**t** le nom de ses projets préférés.	il, elle, on dis**ait**
Nous dis**ons** ce que nous voulons dessiner.	nous dis**ions**
Vous di**tes** la date de votre naissance.	vous dis**iez**
Ils, elles dis**ent** des bêtises.	ils, elles dis**aient**

Mode indicatif	Mode conditionnel	Mode infinitif
Futur simple	Présent	Présent
je di**rai**	je di**rais**	dire
tu di**ras**	tu di**rais**	
il, elle, on di**ra**	il, elle, on di**rait**	
nous di**rons**	nous di**rions**	
vous di**rez**	vous di**riez**	
ils, elles di**ront**	ils, elles di**raient**	

Voici quelques suggestions de lecture. À travers ces livres, explore l'univers magique des mots.

BROUSSEAU, Linda. Ill. de Leanne FRANSON, *Marélie de la mer*, Montréal, Éd. Pierre Tisseyre, coll. Papillon, 1993, 90 p.

GAUTHIER, Gilles. Ill. de Pierre-André DEROME, *Le gros problème du petit Marcus*, Montréal, La courte échelle, coll. Premier Roman, 1992, 64 p.

SOULIÈRES, Robert. Ill. de Philippe BÉHA, *Seul au monde*, Montréal, Québec/Amérique, coll. Jeunesse, 1982, 31 p.

LE TOUR EST JOUÉ!

 Autour de toi, il y a des personnes que tu aimes beaucoup. Prends-tu le temps de leur dire ce que tu ressens pour elles?

Lis le texte des quelques cartes ci-dessous. Des enfants les ont écrites pour des personnes qui comptent à leurs yeux.

En lecture

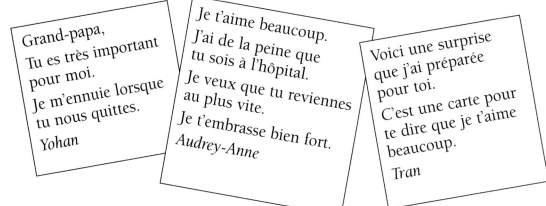

Grand-papa,
Tu es très important pour moi.
Je m'ennuie lorsque tu nous quittes.
Yohan

Je t'aime beaucoup.
J'ai de la peine que tu sois à l'hôpital.
Je veux que tu reviennes au plus vite.
Je t'embrasse bien fort.
Audrey-Anne

Voici une surprise que j'ai préparée pour toi.
C'est une carte pour te dire que je t'aime beaucoup.
Tran

En écriture

- Écris les sentiments que tu éprouves pour les personnes proches de toi.
- Choisis une de ces personnes. Écris-lui ce que tu ressens lorsque tu es avec elle.
- Écris aussi ce que tu éprouves lorsqu'elle te quitte.
- Tu peux t'inspirer des cartes que tu viens de lire.

La dernière course

La dernière course

PRÉSENTATION DU THÈME

Dans la vie, toutes sortes d'événements arrivent, agréables ou moins agréables. Il y a parfois des événements imprévus, mais il y a également des événements que tu peux prévoir, que tu dois même préparer.

Il te faut alors relever le défi et tenter de te surpasser. Ce n'est pas toujours facile mais peu importe le résultat, tu as la satisfaction d'être allé jusqu'au bout de toi-même.

Le journal de Daphné

Nous voici à la fin de l'année scolaire et les examens arrivent à grands pas. Comment pourrais-tu te préparer à cette période d'examens?

Daphné se confie à son journal. Lis d'abord le titre et les intertitres.

★─────────────────────────────

1. De combien de jours Daphné parle-t-elle?

2. Que penses-tu que Daphné racontera, dans son journal?

3. Écoute ce que les élèves de ton équipe imaginent à ce sujet.

4. Retiens l'hypothèse que tu préfères.

Lis maintenant le texte *Le journal de Daphné* pour savoir comment Daphné vit la semaine qui précède les examens.

Le journal de Daphné

Lundi

Cher journal, si tu savais ce qui m'attend! Une montagne de révision! Certainement la plus haute montagne du monde! Heureusement, notre enseignante nous a donné de bons trucs pour étudier. En rentrant de l'école j'ai fabriqué une affiche. J'y ai noté tous les trucs. Je l'ai épinglée sur mon babillard, avec la photo de Championne, ma chienne.

Mardi

Je vais faire un peu de révision chaque jour. Comme ça,
pas de panique à la dernière minute. Je commence dès maintenant,
avec les sciences de la nature. C'est ma matière préférée.

Jeudi

Aujourd'hui, ma tête est une vraie navette spatiale! Je n'ai qu'à lever
les yeux de mon cahier d'exercices et me voilà rendue dans la lune.
Ça fait une heure que mon cahier est ouvert à la page 4.
Je n'ai plus envie d'étudier. Je vais appeler mon amie Nadine.

Jeudi soir

Nadine m'a aidée à résoudre le fameux problème de la page 4. Après
avoir bien compris, j'ai pu résoudre toutes les équations suivantes.
J'étais si absorbée dans mes calculs que je n'ai même pas entendu
Championne qui grattait à ma porte. La pauvre, elle commence
à se sentir délaissée.

Dimanche

Ce matin, papa m'a aidée à réviser mes mots de vocabulaire. Puis, j'ai rédigé une petite composition intitulée «Vos parents ont-ils des manies?». Nous l'avons corrigée ensemble. Nous nous sommes bien amusés. À mon avis, mon père ferait un bon professeur... s'il n'avait pas la manie de vouloir changer le sujet des compositions!

Lundi

Dernier soir avant les examens. Je me couche tôt. Je veux être en forme demain matin. Les examens sont importants pour moi. Je veux les réussir du mieux que je peux. Comme je suis bien préparée, je n'ai pas trop la chair de poule. Même que tu sais, cher journal, je commence à aimer les défis. Mon prochain défi? Escalader le mont Everest, voyons!

L'affiche de Daphné

Quelques trucs pour une révision efficace :
1. Je n'attends pas à la dernière minute pour réviser.
2. Je travaille dans un endroit tranquille.
3. J'identifie mes difficultés et je leur consacre plus de temps.
4. Au besoin, je demande de l'aide à quelqu'un (parent, camarade de classe, frère, sœur, gardienne, etc.).
5. Pour m'exercer, je crée des similitests, et je fais vérifier mes réponses.
6. Je m'assure de bien comprendre toute la matière.
7. Je me couche tôt la veille de l'examen.

Texte inédit de Marielle Cyr.

★★

1. Est-ce que toi ou un membre de ton équipe avez deviné ce que Daphné racontait dans son journal? Si oui, comment avez-vous pu le deviner?
2. Es-tu surprise ou surpris de lire ce que Daphné a écrit dans son journal? Explique ta réponse.
3. As-tu déjà fait tes confidences à un journal intime?
   - Si oui, en quelles circonstances?
   - Sinon, aimerais-tu le faire?

★★★

1. Comment Daphné se sent-elle? Encadre les expressions qui le disent.
2. Quels moyens Daphné utilise-t-elle pour éviter la panique de dernière minute? Encercle deux de ces moyens.
3. Daphné est-elle disciplinée dans sa préparation aux examens? Justifie ta réponse en soulignant les passages qui le prouvent.
4. Que penses-tu de l'affiche de Daphné?

Lis les phrases suivantes.
a) Je vais faire un peu de révision chaque jour.
b) Je commence dès maintenant.
c) Je veux réussir mes examens.
d) Je n'ai plus envie d'étudier.

Souligne la finale des verbes conjugués.
Encercle les sujets du verbe. Que remarques-tu?

J e dois savoir que...

Les finales des verbes conjugués avec le pronom **je** sont
s, e, x ou **ai**.
Exemples : je sais, je marche, je veux, j'irai.

Ajoute la bonne finale aux verbes suivants.

je faisai ✐	je peu ✐	je prendrai ✐	je m'avanc ✐
je pens ✐	je réussir ✐	je recevr ✐	je veu ✐

Et toi, comment as-tu l'intention de te préparer aux examens de fin d'année?
Explique-le aux élèves de ta classe.

⭐

1. Dis-leur comment tu te sens quand tu penses aux examens.
2. Réfléchis à tes habitudes de travail. Pense aussi aux activités scolaires que tu réussis bien.
3. Note les moyens qui t'aident à réussir.
4. Décris les petites manies ou les superstitions que tu peux avoir quelques jours avant les examens.

Pour m'aider, je pense à...

Une superstition est une croyance pas du tout raisonnable.
Exemples : Penser que rencontrer un chat noir porte malheur.
Penser qu'écrire avec un crayon décoré de notes de musique va nous aider à réussir notre examen.

⭐⭐

1. Dis aux autres élèves comment tu as décidé de te préparer aux examens de fin d'année.
2. Explique clairement ce que tu comptes faire.
3. Réponds aux questions, s'il y en a.

⭐⭐⭐

1. Écoute ce que les autres élèves ont à dire.
2. Pose-leur des questions pour obtenir plus de renseignements. Précise ce que tu aimerais savoir.
3. As-tu trouvé intéressants les moyens que les autres veulent utiliser?
4. Crois-tu que tu pourrais améliorer tes habitudes de travail en adoptant quelques-uns de leurs trucs?
5. Est-ce que d'autres élèves se sentent comme toi?

Écris un court texte pour retenir les trucs qui t'aideront à vivre tes examens sans paniquer.

Planifie ton texte.

★ ──────────────────────

1. Pense d'abord à un moyen concret qui te permettra de présenter tes bonnes habitudes de travail d'avant les examens. (Affiche, semaine géante dans un calendrier, grille, etc.)

2. Précise ton texte à partir de ce que tu as expliqué à tes camarades.

3. N'oublie pas d'y ajouter les petits trucs que tu trouves intéressants.

Rédige ton brouillon.

★★ ──────────────────────

1. Écris ton brouillon.

2. Choisis des verbes d'action.

3. Précise où et quand tu vas accomplir tes tâches.

4. Relis ton brouillon pour vérifier s'il contient bien des moyens qui t'aideront à préparer les examens de fin d'année. Accorde une attention particulière aux verbes qui indiquent ce qu'il faut faire.

Révise ton texte.

★★★ ──────────────────────

1. Écris correctement la finale des verbes.

2. Mets ton texte au propre, puis relis-le attentivement.

3. Décore ton texte à ton goût et mets en évidence les mots importants.

Pour m'aider, je pense à...

Pour m'aider à réviser mon texte, je peux consulter la page 18.

Retourne régulièrement à ton texte.

Le bout du monde

Certaines activités scolaires sont importantes, plus importantes que d'autres. Elles demandent de fournir beaucoup d'énergie, parfois de se surpasser. Mais on doit aussi se surpasser ailleurs qu'à l'école...

1. Regarde d'abord le titre du texte qui suit.
2. Avec une camarade ou un camarade, cherche ce que ce titre peut signifier.
3. Seulement en lisant le titre, quelle histoire pouvez-vous imaginer?
4. Examine les illustrations. Essaie de raconter ce qui se passe.

Lis maintenant le texte *Le bout du monde* pour vérifier tes impressions.

Le bout du monde

Le clocher de l'église se dresse au-dessus de la ligne des arbres.
Le bout du monde! Je pousse un soupir. Jamais je n'y parviendrai.
— Allons, allons, encore un petit effort! m'encourage oncle Pierre.
Nous sommes presque arrivés!

Presque arrivés! Il peut bien parler, lui! Il est plus grand qu'un joueur
de basket et pour chacune de ses enjambées, j'en fais trois.
Nous marchons depuis quatre heures! Non, il trotte, infatigable,
depuis quatre heures. Moi, j'ai galopé une heure pour suivre
son train d'enfer, puis j'ai trottiné; maintenant je me traîne tant bien
que mal, je tire la jambe, je boite. Je vais sans doute finir à quatre
pattes ou sur une civière. Quand je pose le pied droit, celui avec
l'ampoule, j'ai envie de crier. Un supplice!
— Ah! ma petite Mylène, quel bonheur de respirer l'air de la montagne!
Oncle Pierre s'extasie, s'emplit les poumons, admire les fleurs,
le paysage. Il n'a pas les pieds et les mollets en compote, lui!
Pour oublier mon état, j'imagine mon arrivée. Comme ce sera doux
de m'allonger, d'enlever mes chaussures, de boire un jus glacé!
Je sens déjà le verre entre mes mains. Il est froid et humide. Je le
porte à mes lèvres. Mmmm! la bonne odeur de jus d'orange pressée.
— Tu vois, ma chère Mylène... Mon oncle m'interrompt
juste au moment où j'allais me désaltérer.
Rien de tel que l'exercice! Pas la force de
répondre. Le clocher de l'église a disparu
derrière les arbres. Après ce petit bois,
nous serons arrivés. Le verre de jus
d'orange... les draps frais de mon lit...
Là-bas, pas loin, il y a le Paradis.
«Tiens bon Mylène, bientôt, tu seras
sauvée!» Je me répète ces mots pour
m'encourager. Encore deux cents mètres!
— Est-ce que tu veux que je te porte
sur mon dos?
Je m'empresse de refuser. Arriver
chez moi sur le dos d'oncle Pierre!
Ah ça non! Jamais! Ce serait la honte!
Je me redresse et accélère le pas.
— C'est bien, Mylène, je suis fier de toi.
Le chalet est là, au bout du chemin.
Il s'approche. Il grandit. La porte s'ouvre.
Maman nous observe en hochant la tête. J'essaie
de ne pas trop boiter. Je tente de sourire.

— Tu vas me la tuer! lance-t-elle à oncle Pierre! Il n'y a pas deux mois, elle marchait encore avec des béquilles et toi, pour sa première promenade, tu la fais grimper pendant des heures.

Les chaises du patio sont là, tout près de moi, je résiste à l'envie de m'y effondrer.

— Mais non, maman, je vais bien, je t'assure.

Ma jambe est guérie depuis longtemps. D'abord, ce n'était qu'une petite fracture de rien du tout!

Je m'assois en prenant mon temps. Je ne veux pas montrer que je suis à l'agonie. J'ai ma dignité tout de même! Comme c'est bon! J'enlève mes souliers et j'allonge mes jambes sur l'herbe fraîche. Le plus beau moment de ma vie! Ma tête n'est remplie que de souvenirs de paysages magnifiques. Je me sens heureuse. Oubliés l'effort et la souffrance! Il ne me reste que la joie de m'être dépassée, le sentiment de victoire sur moi-même, un goût de triomphe.

— À quand la prochaine balade, oncle Pierre?

Texte inédit de Marie Page.

★★ ─────────────────────────────

Avant de lire ce texte, tu as imaginé une histoire.

1. Qu'est-ce qui est semblable et qu'est-ce qui est différent entre l'histoire que tu as imaginée et le texte?

2. Encercle les mots qui disent :
   - avec qui est Mylène;
   - ce qu'elle fait avec cette personne-là.

3. Souligne les passages qui montrent comment Mylène se sentait.

4. Compare tes réponses avec celles de tes camarades. Avez-vous les mêmes?

En équipe, relisez le texte pour vous aider à réaliser l'activité qui suit.

1. Repérez les passages qui pourraient être dits par un narrateur. Indiquez-les par la lettre *N*.

2. Repérez les phrases de l'oncle Pierre. Indiquez-les par la lettre *P*.

3. Repérez les phrases de Mylène. Indiquez-les par la lettre *M*.

4. Repérez la phrase de la mère de Mylène. Indiquez-la par les lettres *Mè*.

Répartissez-vous les personnages.
Lisez ensuite le texte à voix haute, en intervenant à votre tour, selon votre personnage.

Tu sais déjà ce qu'est un groupe du nom : un ou plusieurs mots dont le nom est la base. Le groupe du nom a une autre particularité. Observe les groupes du nom dans les phrases ci-dessous. Que remarques-tu?

a) Le clocher de l'église se dresse derrière les arbres.

b) Je vais sans doute finir sur une civière.

c) Là-bas, il y a le Paradis.

e dois savoir que...

Le groupe du nom peut être précédé ou non d'une préposition.

Exemples : Oncle Pierre arrive **avec** Mylène.

Oncle Pierre arrive ce soir.

Trouve dans le texte deux groupes du nom qui ne sont pas précédés d'une préposition. Écris-les.

Trouve dans le texte deux groupes du nom précédés d'une préposition. Écris-les.

T'est-il déjà arrivé de faire des efforts et de te dépasser comme Mylène? As-tu déjà vécu une situation avec le sentiment de te rendre jusqu'au bout de tes forces?

Par écrit, raconte à l'intention de tes camarades une situation où tu as été fière ou fier de toi.

Planifie ton texte.

★

1. Pense à ce que tu as vécu.
   - Avec qui étais-tu?
   - À quel endroit étais-tu?
2. Que s'est-il passé de particulier?
3. Comment la situation s'est-elle terminée?
4. Qu'as-tu ressenti tout au long de la situation? à la fin?
5. Aimerais-tu vivre une autre situation où tu devrais te dépasser? Pourquoi?

Rédige ton brouillon.

★★

1. Écris le brouillon de ton texte.
2. Ordonne bien les étapes de la situation que tu racontes.
3. Relis ton brouillon pour vérifier si tu as bien exprimé tout ce que tu voulais.
4. Si ce que tu as écrit ne te satisfait pas, retravaille ton brouillon.

Révise ton texte.

★★★

1. Assure-toi que tu as fait accorder les verbes avec leurs sujets.
2. Améliore tes phrases; évite les répétitions en employant des pronoms et des synonymes.
3. Ajoute des adjectifs, des adverbes ou des compléments pour préciser ta pensée.

Mets ton texte au propre.
Relis-le pour t'assurer qu'il n'y a pas de fautes.
Affiche ton texte au tableau.

Encore un effort

Nous n'avons pas tous et toutes les mêmes forces ni les mêmes limites. Une promenade en forêt, quelques mois après s'être fracturé une jambe, exige une grande endurance. Et les examens de fin d'année demandent un effort surhumain à certaines personnes.

Lis le texte qui suit. Tu découvriras une situation qui exige aussi un grand dépassement de soi. Mais avant...

1. Lis le titre et observe les illustrations.
2. D'après toi, de quoi va-t-on parler dans ce texte? Discutes-en avec une camarade ou un camarade.
3. Dans le titre, qu'est-ce que le mot *encore* suppose? Discutez-en ensemble.

Lis maintenant le texte *Encore un effort* pour vérifier tes impressions.

Encore un effort

J'ai les mains moites. C'est à mon tour d'affronter le grand public pour la finale du concours de chansons. C'est terrible! La salle est remplie à craquer et je suis la dernière à passer. L'animatrice vient de prononcer mon nom. Mes jambes ramollissent. Jamais je n'arriverai à me rendre jusqu'au milieu de la scène. J'entre. J'ai le trac. Je marche en tremblant. Mon cœur bat plus fort que la musique. Et si je me sauvais en

courant? Non! Il est trop tard.
Je ne peux plus reculer. J'avance.
Encore un petit effort. Ça y est, j'y suis.
En plein milieu. Devant ce qui me
semble des millions et des millions
de regards braqués sur moi.
Heureusement, il fait noir.
Je ne les vois pas.
Je m'accroche au micro. Mes doigts
sont tout blancs tellement je le serre
fort. La musique commence.
Je chante. Ma voix n'est plus
pareille. Elle tremble. Elle sort tout
éraillée, avec plein de frissons. C'est
la pire catastrophe de toute ma vie.
Les mots s'alignent les uns derrière
les autres comme des fourmis.
Il n'en reste plus que quelques-uns.
Encore un petit effort. Dans quelques
secondes, ma chanson sera terminée
et je pourrai m'en aller.
Ma voix est écorchée, elle s'éteint
sur les derniers mots. Je n'attends
pas les applaudissements. Je quitte
la scène en courant. J'éclate en sanglots dans le corridor.
C'est fini. Je ne gagnerai pas. Je ne serai jamais une grande chanteuse.
— Nous demandons à tous les participants de remonter sur la scène
pour le choix du jury.
Ah non! Pas encore monter sur la scène! Encore un effort.
Toujours des efforts.
J'essuie mes joues. Si tout ça peut se terminer. Je monte sur la scène
avec une grosse boule de peine dans la gorge et des larmes
tout plein le cœur. L'animatrice ouvre l'enveloppe.
— La gagnante ou le gagnant est :
Roulement de tambour.
— Marissa Dubois.

Je regarde autour. Puis soudain tout le monde se précipite sur moi.

— Bravo! Bravo! Bravo!

Les spectateurs applaudissent à tout rompre. C'est moi qui gagne!

Mais c'est... c'est impossible! Elle... a dû se tromper!

Mais l'animatrice poursuit :

— Avec sa voix chaude, émouvante, rauque, Marissa a su nous transmettre toute l'émotion de sa chanson. Félicitations!

Et elle me met le trophée entre les mains. Je suis tout excitée.

Mais je m'inquiète de plus en plus. Comment vais-je parvenir à retrouver cette fameuse voix pour mon prochain récital?

Texte inédit de Linda Brousseau.

★★

1. Souligne les expressions qui permettent de savoir comment le trac se manifeste chez Marissa.

2. Encercle les expressions qui disent comment Marissa s'encourage à aller jusqu'au bout.

3. À la fin du texte, une expression dit que Marissa est contente d'elle. Encadre-la.

Pour m'aider, je pense à...

Le trac, c'est la peur qu'on ressent avant un événement important.

Exemples : avoir le trac avant un examen, avoir le trac avant de jouer dans une pièce de théâtre.

Relis le texte, puis réponds aux questions suivantes.

★★★

1. Écris un mot de la même famille que *effort*, de la même famille que *trembler*.

2. Trouve une expression qui signifie *trac*.

3. Y a-t-il des mots nouveaux dans le texte? Lesquels? Cherche leur signification dans le dictionnaire.

4. Choisis 10 mots que tu veux apprendre à orthographier. Écris-les.

Quand on vit quelque chose de difficile, on peut décider de foncer et d'affronter la situation. On peut également choisir de se retirer, de ne pas affronter la difficulté. D'après toi, faut-il se retirer devant une situation difficile?

Écris un texte de 15 lignes à l'intention des élèves de ta classe. Exprime dans ton texte ce que tu penses de la question précédente.

Planifie ton texte.

1. Précise ton idée sur la question.
2. Dans ce que tu as déjà vécu, trouve des exemples qui expliquent ton point de vue.
3. Pense à la manière dont tu veux introduire ton opinion.
4. Pense aussi à la conclusion de ton texte.

Pour m'aider, je pense à...

Pour m'aider à écrire une bonne introduction et une bonne conclusion, je peux consulter la page 99.

Rédige ton brouillon.

★★

1. Écris ton brouillon.
2. Souviens-toi de faire des liens entre tes phrases.
3. Sépare ton texte en trois courts paragraphes.
4. Lis ton texte à une ou à un élève pour vérifier si tu exprimes bien ton opinion.

Révise ton texte.

★★★

1. Pense à trois éléments que tu veux vérifier. Écris-les.
2. Rejoins les membres de ton équipe. Comparez ce que vous avez écrit. Sur ta feuille, ajoute de nouveaux éléments à vérifier.
3. Révise ton texte en tenant compte de ces trois éléments.
4. Demande ensuite à une camarade ou à un camarade de vérifier si tu as bien révisé ton texte.

Mets ton texte au propre, puis relis-le.
Lis ensuite ton texte aux élèves de ta classe.

AU TRAVAIL!

 À ton tour de mettre en pratique ce que tu as appris tout au long du thème.

1. Transcris les verbes et ajoute-leur la bonne finale.

a) je veu    **d)** j'aur   **g)** je met

b) je préfèr   **e)** je peu   **h)** je nager

c) je fai   **f)** j'ador   **i)** je vien

2. La finale de certains des verbes ci-dessous est incorrecte.
Relève ces verbes et corrige-les.

a) je mange   **d)** je ferai   **g)** je prend

b) je voulait   **e)** je veux   **h)** je bouge

c) je peus   **f)** j'allais   **i)** j'irais

3. Lis les phrases suivantes. Transcris celles qui contiennent un groupe
du nom précédé d'une préposition.

a) Les examens représentent un événement important.

b) Daphné se confie à son journal.

c) J'aimerais aller me promener avec ma sœur.

d) Ses yeux sont bruns.

e) Chantal distribue les cahiers avant le départ.

4. Relis les textes du thème 12.
Relève trois groupes du nom précédés d'une préposition et écris-les.

Lis les pages suivantes. Tu trouveras toutes sortes de ressources qui t'aideront à comprendre et à composer de beaux textes.

Autour de la même idée

défi	pièce de théâtre	réussite
dépassement	récital	succès
effort	représentation	triomphe
	spectacle	victoire

De la même famille

affront	fatigant	réviser
affronter	fatigante	révision
affrontement	fatigue	réviseur
	fatigué	réviseure
	fatiguée	
	fatiguer	
	infatigable	
	infatigablement	

Un verbe, un nom

applaudir	⇨ applaudissement	rédiger	⇨	rédaction
composer	⇨ composition	sangloter	⇨	sanglot
imaginer	⇨ imagination	s'efforcer	⇨	effort

Des synonymes

s'assurer	⇨ vérifier	triompher	⇨	vaincre
se sauver	⇨ s'enfuir	truc	⇨	moyen

Des antonymes

au-dessous	⇨	au-dessus
disparaître	⇨	apparaître
efficace	⇨	inefficace
encourager	⇨	décourager
enlever	⇨	mettre

Des lettres doubles

affiche	arriver	s'assurer
affronter	derrière	se dépasser
efficace	interrompre	se dresser
effort	terrible	frisson
s'effondrer		impossible
souffrance		réussir

aller
allonger
million
mollet

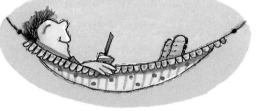

Un verbe conjugué : venir

Mode indicatif

Présent	Imparfait
Je vien**s** avec mon amie Jasmine.	je ven**ais**
Tu vien**s** nous offrir des chatons.	tu ven**ais**
Il, elle, on vien**t** porter des framboises.	il, elle, on ven**ait**
Nous ven**ons** cueillir des pommes.	nous ven**ions**
Vous ven**ez** à la campagne avec nous.	vous ven**iez**
Ils, elles vienn**ent** féliciter Karim.	ils, elles ven**aient**

Mode indicatif	Mode conditionnel	Mode infinitif
Futur simple	**Présent**	**Présent**
je viend**rai**	je viend**rais**	venir
tu viend**ras**	tu viend**rais**	
il, elle, on viend**ra**	il, elle, on viend**rait**	
nous viend**rons**	nous viend**rions**	
vous viend**rez**	vous viend**riez**	
ils, elles viend**ront**	ils, elles viend**raient**	

Voici quelques suggestions de lecture. À travers ces livres, explore l'univers magique des mots.

ANFOUSSE, Ginette. Ill. de Marisol SARRAZIN, *Le grand rêve de Rosalie*, Montréal, La courte échelle, coll. Roman Jeunesse, 1992, 91 p.

MARCOTTE, Danielle. Ill. de Doris BARRETTE, *Camy risque tout*, Montréal, Boréal, coll. Boréal Junior, 1992, 124 p.

SAURIOL, Louise-Michelle. Ill. de Georgetta PUSZTAÏ, *La course au bout de la terre*, Saint-Lambert, Héritage jeunesse, coll. Libellule, 1991, 58 p.

LE TOUR EST JOUÉ!

Chaque jour de ta vie, tu dois faire face à différentes situations. Des situations heureuses et des situations plus difficiles. Tu éprouves parfois le besoin de partager ta joie ou ta peine, mais il n'y a personne pour t'écouter. À ce moment-là, confie-toi à un journal intime. Voilà une bonne solution.

En lecture

Relis le texte *Le journal de Daphné*.

Tout comme Daphné, raconte à ton journal intime une situation que tu as vécue récemment. Pour t'aider, réponds aux questions suivantes.

- Avec qui étais-tu?
- À quel endroit étais-tu?
- Que s'est-il passé de spécial?
- Quels sentiments as-tu ressentis?
- Quelle a été ta réaction?
- Comment la situation s'est-elle terminée?

En écriture

Décris cette situation en 15 lignes. N'oublie pas de réviser ton texte.
Fais attention aux fautes. Pour t'aider, tu peux consulter la page 18.

Index des notions grammaticales

Consulte l'index suivant. Il t'aidera à repérer les nouvelles notions grammaticales que tu as apprises dans chaque thème.

Ma formule pour écrire sans fautes

Voici une formule pour t'aider à écrire un texte sans faire de fautes. Lorsque tu révises un texte, assure-toi de chacun des points énumérés ci-dessous.

1 Passe deux fois sur la lettre majuscule qui commence une phrase ou un nom propre. Fais attention de ne pas oublier de lettre majuscule.

Exemple :

Je suis allé en vacances à **K**amouraska.

2 Encercle le point qui termine une phrase. S'il n'y a pas de point, demande-toi pourquoi.

Exemples :

Antoine et Mélanie s'aventurent seuls dans une caverne.

Es-tu une personne prudente ?

3 Mets un point sous le «s» ou le «x» du pluriel. Si tu as oublié de mettre un «s» ou un «x», ajoute-le.

Exemple :

Les chevaux courent dans les grands champs.

4 Encercle les mots que tu dois chercher pour les orthographier correctement. Le dictionnaire te sera d'une grande utilité.

Exemple :

Durant l'hiver, certains animaux hibernent.

5 Souligne le nom et le déterminant qui précède ce nom. Vérifie le genre et le nombre du déterminant.

Exemple :

Le renard tenait un fromage dans son bec.

6 Trace deux traits sous le verbe et son sujet. Assure-toi de l'accord du verbe.

Exemples :

Toute la famille était là.

Ses yeux pétillent de plaisir.

7 Joins l'adjectif ou le participe adjectif au nom avec lequel il s'accorde. Est-il bien accordé?

Exemples :

Pour te promener, tu as intérêt à avoir un bon capuchon bordé de fourrure autour de ton visage.

Leur peau endurcie supporte le froid.

8 Encadre le pronom de conjugaison et la finale du verbe qui lui correspond. As-tu écrit la bonne finale?

Exemples :

Je mang e un gâteau au chocolat.

Ils cour ent très vite.

On se promèn e sur le mont Royal.

Peu x tu répondre au téléphone?

Vous voul ez visiter notre maison?

Nous ser ons une trentaine de personnes.

9 Mets entre parenthèses les mots qui séparent le sujet du verbe. As-tu accordé le verbe avec le bon sujet?

Exemples :

Jasmine, (l'aînée), joue avec le chat.

Tous les animaux, (en automne), ne partent pas vers le sud.